Las aventuras del SUPER-BEBÉ PAÑAL

¡Ese soy yo!

La primera novela gráfica de Jorge Betanzos y Berto Henares

Scholastic Inc.

New York   Toronto   London   Auckland
Sydney   Mexico City   New Delhi   Hong Kong

A mi mamá y mi papá
— J.R.B.

A mamá y Heidi
— B.M.H.

Originally published in English as The Adventures of Super Diaper Baby
Translated by Miguel Azaola.

This book was originally published in hardcover by the Blue Sky Press in 2002.

ISBN 978-0-439-55120-5

Be sure to check out Dav Pilkey's Extra-Crunchy Web Site O' Fun at
www.pilkey.com

12 11 10 9   13 14 15/0
Printed in the United States of America   40
First Spanish paperback printing, November 2003

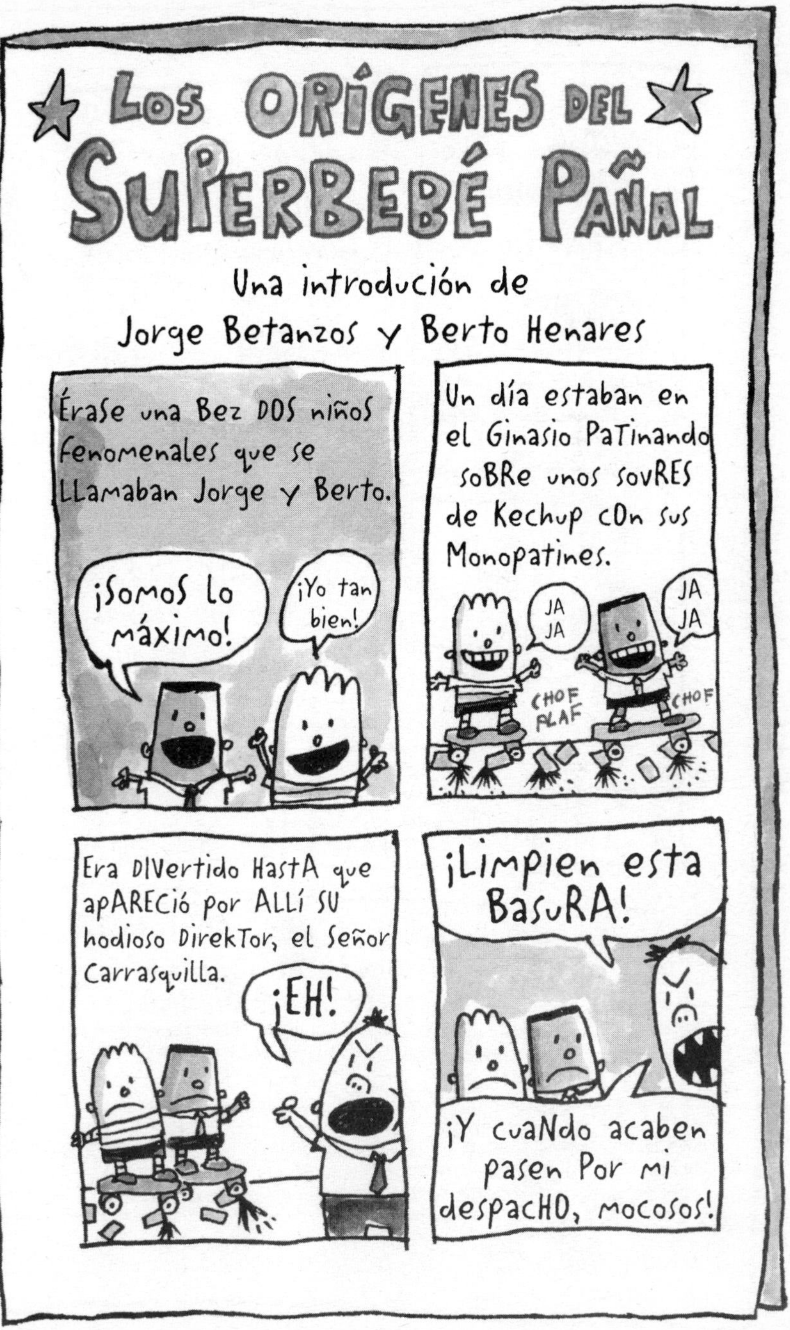
LOS ORÍGENES DEL
SUPERBEBÉ PAÑAL
Una introdución de
Jorge Betanzos y Berto Henares
Érase una Bez DOS niños fenomenales que se LLamaban Jorge y Berto.
¡SomoS lo máximo!
¡Yo tan bien!
Un día estaban en el Ginasio PaTinando soBRe unos sovRES de Kechup cOn sus Monopatines.
JA JA
JA JA
CHOF
PLAF
CHOF
Era DIVertido HastA que apARECió por ALLí su hodioso DirekTor, el Señor Carrasquilla.
¡EH!
¡Limpien esta BasuRA!
¡Y cuaNdo acaben pasen Por mi despacHO, mocosos!

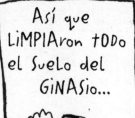

Así que LIMPIAron tODo el Suelo del GINASio...

SSSSS

...Y fueron al DESpachO del SeñoR CarrasQUilla

Ustedes SON muy irresponsables.

NorMALmente les hUBIEra hechO esCRibir unas LÍNEAS para CASTIGarlos... ¡Pero ya SÉ que eso NO sirve de NADA!

De modo que van a HacER una Redacción de 100 páGInas sobre "CÓMO ser UN Buen CiuDADAno".

¡Y mucho OJO, joVENzuelOS, no SE les VAYA a OCUrriR hacer un cuento de 100 pájinas del "Capitán Calzoncillos"! ¡Eso seRÍA INACEPTABLE!

QUÉ mal

no es justo

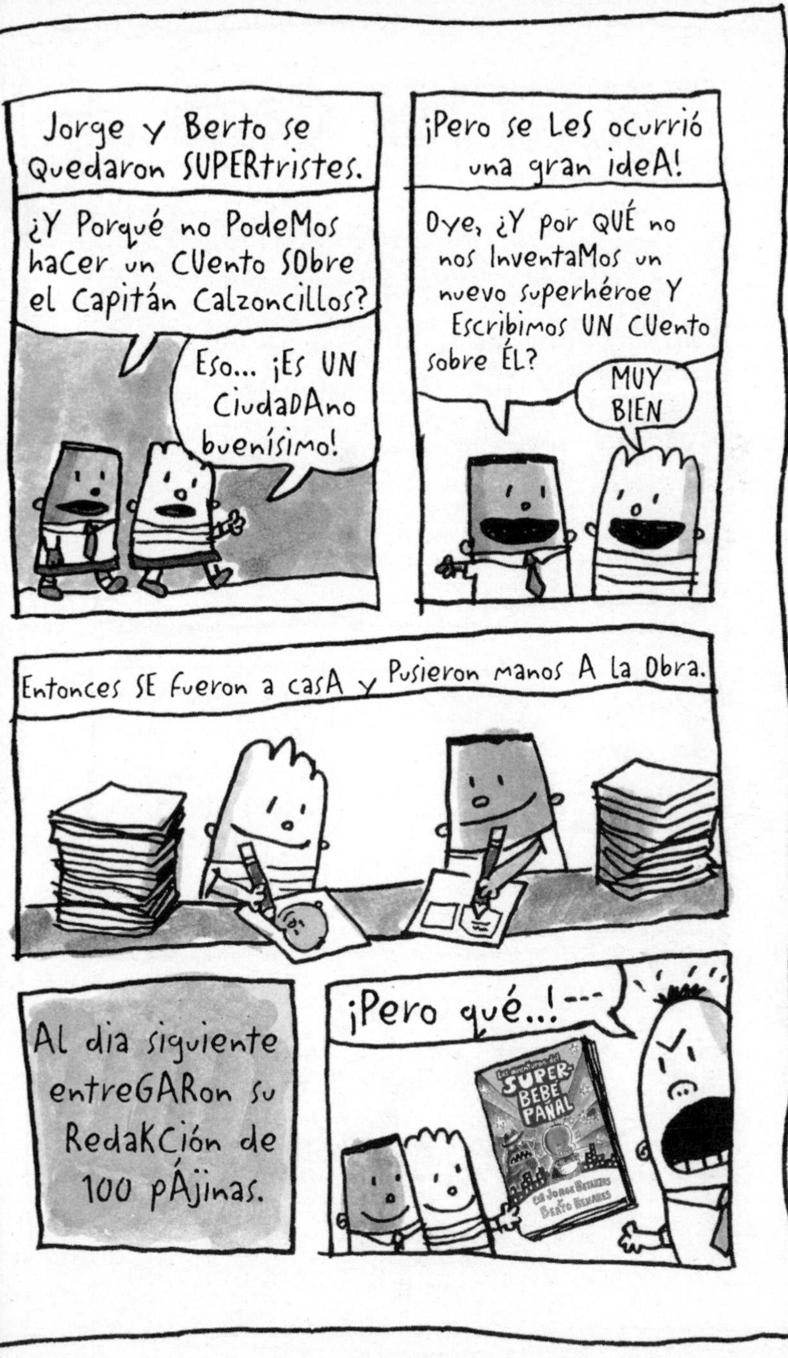
Jorge y Berto se Quedaron SUPERtristes.
¿Y Porqué no PodeMos hacer un CUento SObre el Capitán Calzoncillos?
Eso... ¡Es UN CiudaDAno buenísimo!
¡Pero se LeS ocurrió una gran ideA!
Oye, ¿Y por QUÉ no nos InventaMos un nuevo superhéroe Y Escribimos UN CUento sobre ÉL?
MUY BIEN
Entonces SE fueron a casA y Pusieron manos A la Obra.
Al dia siguiente entreGARon su RedaKCión de 100 pÁjinas.
¡Pero qué..!---
SUPER-BEBÉ PAÑAL

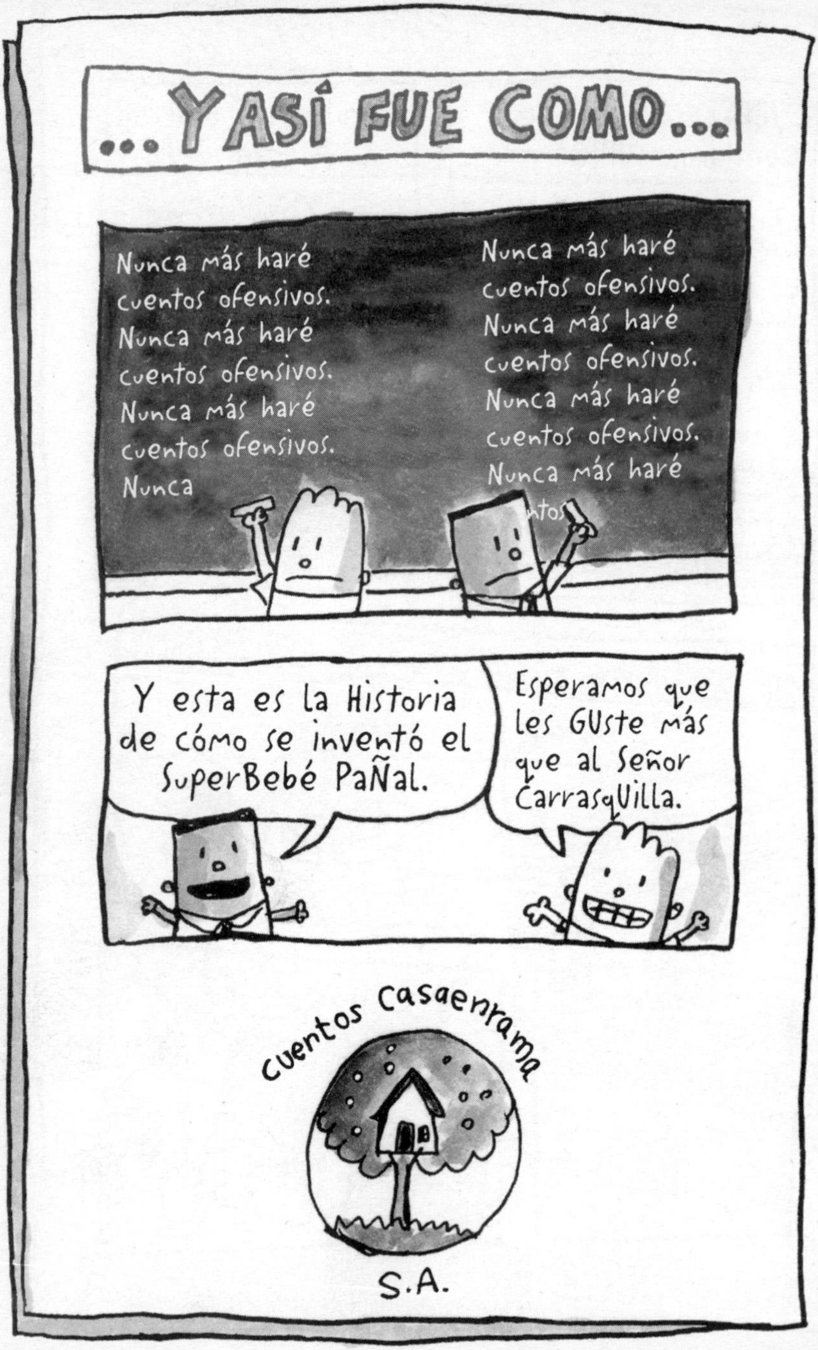
...Y ASÍ FUE COMO...
Nunca más haré cuentos ofensivos. Nunca más haré cuentos ofensivos. Nunca más haré cuentos ofensivos. Nunca
Nunca más haré cuentos ofensivos. Nunca más haré cuentos ofensivos. Nunca más haré cuentos ofensivos. Nunca más haré
Y esta es la Historia de cómo se inventó el SuperBebé PaÑal.
Esperamos que les GUste más que al Señor CarrasqUilla.
Cuentos Casaenrama
S.A.

Las aventuras del
SUPER-
BEBÉ
PAÑAL
POR JORGE BETANZOS
Y
BERTO HENARES

ÍNDICE

Las aventuras del
SUPERBEBÉ
☆ PAÑAL ☆

CAPÍTULO 1
"Ha Nacido un Héroe"

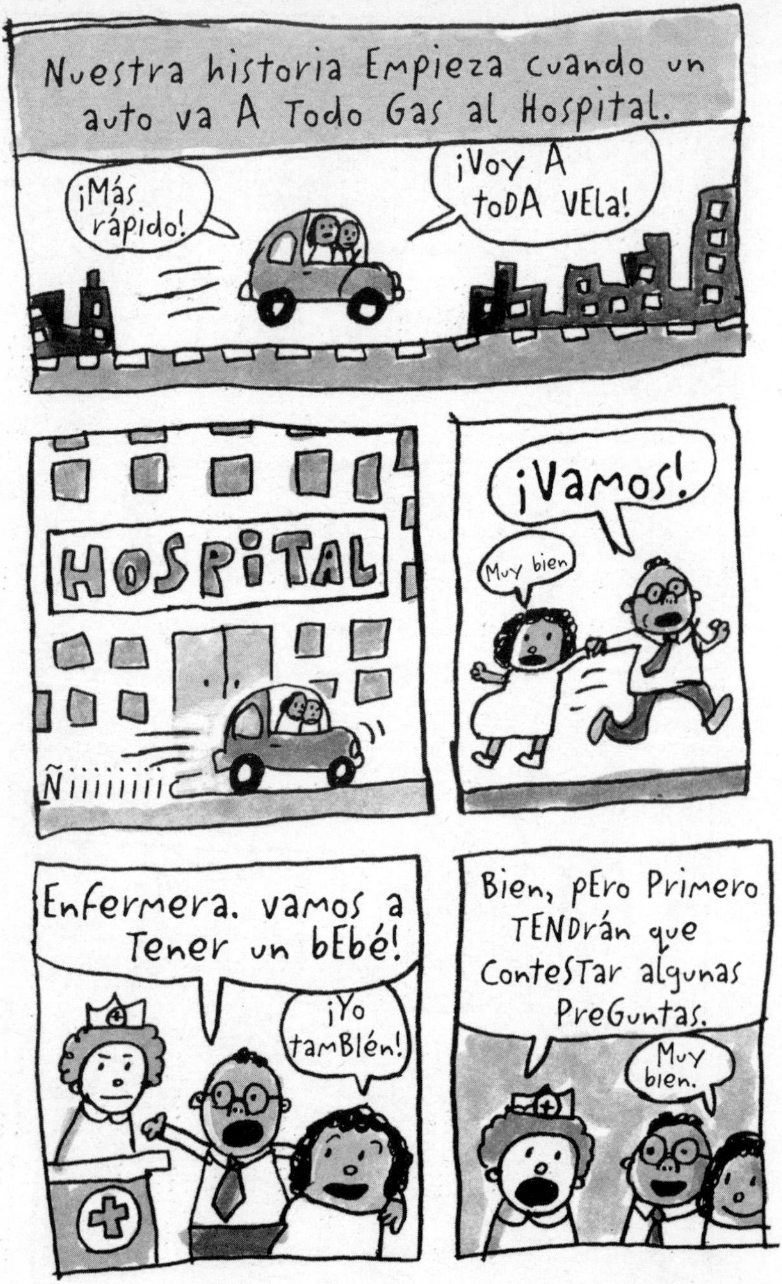
Nuestra historia Empieza cuando un auto va A Todo Gas al Hospital.
¡Más rápido!
¡Voy A toDA VEla!
HOSPITAL
Ñiiiiiiiii
¡Vamos!
Muy bien
Enfermera. vamos a Tener un bEbé!
¡Yo tamBlén!
Bien, pEro Primero TENDrán que ConteSTar algunas PreGuntas.
Muy bien.

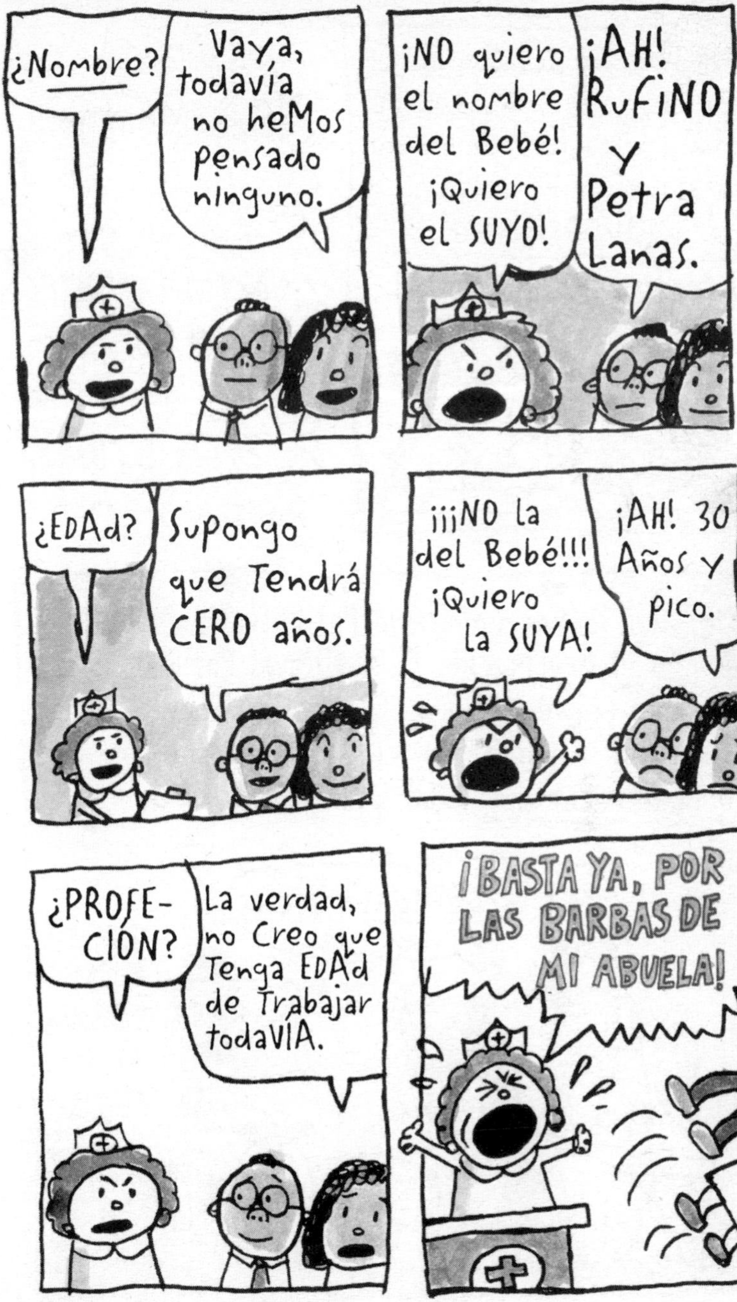
¿Nombre?
Vaya, todavía no heMos pensado ninguno.
¡NO quiero el nombre del Bebé! ¡Quiero el SUYO!
¡AH! RuFINO Y Petra Lanas.
¿EDAd?
Supongo que Tendrá CERO años.
¡¡¡NO la del Bebé!!! ¡Quiero la SUYA!
¡AH! 30 Años y pico.
¿PROFE-CIÓN?
La verdad, no Creo que Tenga EDAd de Trabajar todaVIA.
¡BASTA YA, POR LAS BARBAS DE MI ABUELA!

Pero lo que NO Sabían el Señor y la Señora Lanas era que la PROFeción de su futuro Bebé sería... ¡SuperHéroe!

SALA DE PARTOS

Yupiii

Sin EMBargo... Antes de Seguir con esta HistoRIA Tenemos que contarlES ESTA OTRA.

Estos dos son el Comisario PatiBulario y el Chucho MuerDEMucho. El Comisario Patibulario es el de la IzquierDA, con Sombrero TEJAno y las manos tan raras. El Chucho MuerDEMucho es el de la derecha con rabo y su problema de Pulgas.

Acuérdense Bien de eso.

PLANES MALVADOS

AL LABRATORIO SECRETO

El Comisario Patibulario era feroz y DESpiadado.

¡Y también soy malvado!

Chucho MuerDEMucho también era malo.

En realidad NO soy MalVAdo. Sólo salgo aquí para DESpistar.

¡Tú cállate!

Juntos abrieron una lavandería De ropa interior. ¡PERO era solo una TRAMPA!

La Ropa Interior Añeja
LIMPIEZA Y LAVADO

Lavamos su Ropa Interior mientras espera

ESpecialistas SuperHéroe

Pronto se preSENtó la ocasión que el Comisario PatiBulario tanto había esperado.

¡Tata-ta-Cháááán!

La Ropa Interior Ar
LIMPIEZA Y L

¡MiRa Quién ha VeniDO! ¡Es el Capitán Calzoncillos!

¡Mi Héroe!

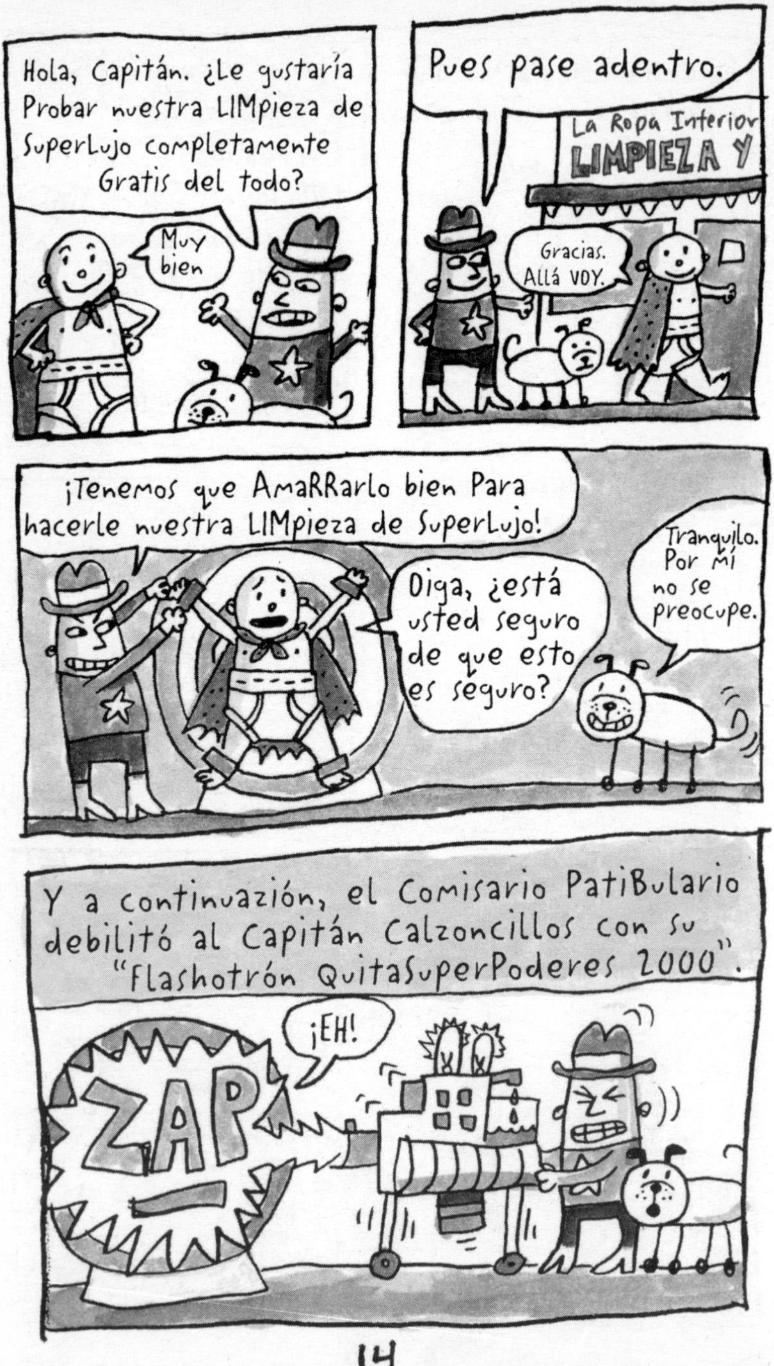
Hola, Capitán. ¿Le gustaría Probar nuestra LIMpieza de SuperLujo completamente Gratis del todo?
Muy bien
Pues pase adentro.
La Ropa Interior LIMPIEZA Y
Gracias. Allá VOY.
¡Tenemos que AmaRRarlo bien Para hacerle nuestra LIMpieza de SuperLujo!
Oiga, ¿está usted seguro de que esto es seguro?
Tranquilo. Por mí no se preocupe.
Y a continuazión, el Comisario PatiBulario debilitó al Capitán Calzoncillos con su "Flashotrón QuitaSuperPoderes 2000".
¡EH!
ZAP

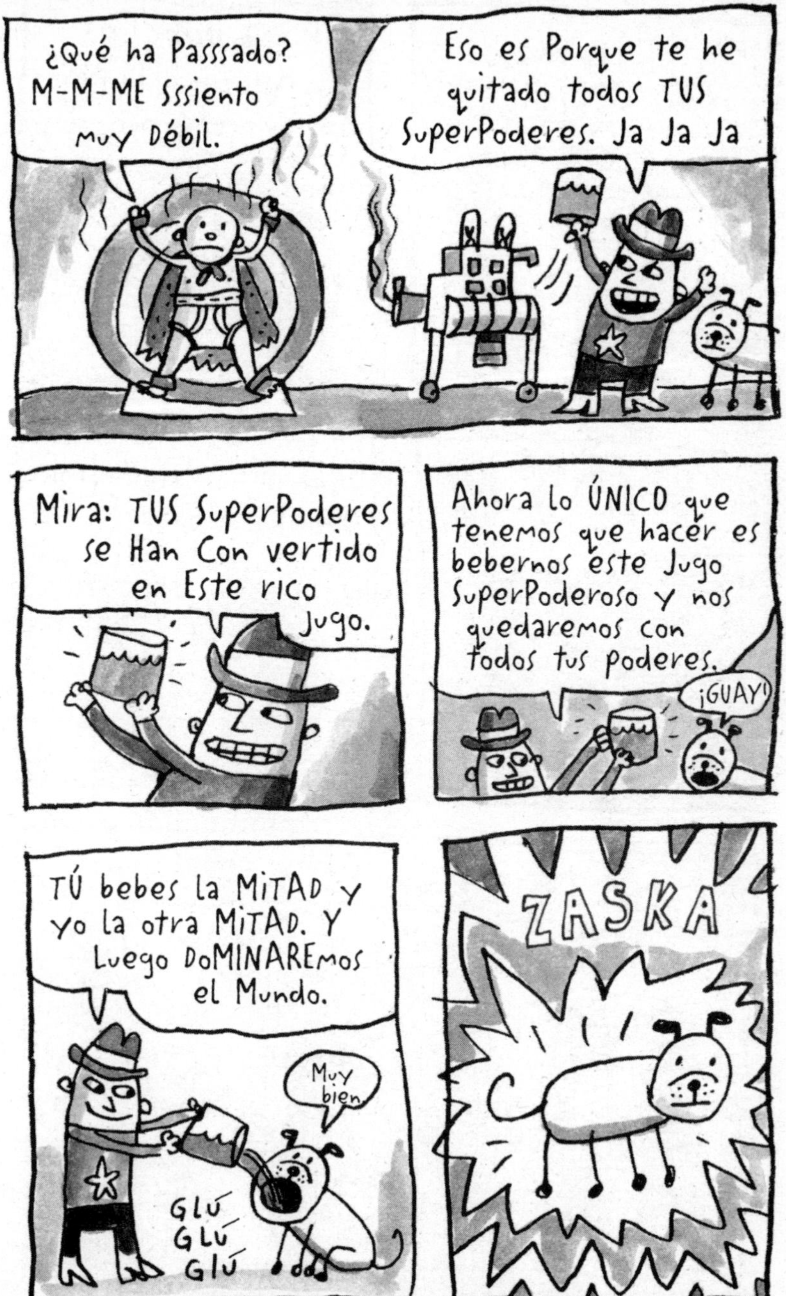
¿Qué ha Passsado? M-M-ME Sssiento muy Débil.
Eso es Porque te he quitado todos TUS SuperPoderes. Ja Ja Ja
Mira: TUS SuperPoderes se Han Con vertido en Este rico Jugo.
Ahora lo ÚNICO que tenemos que hacér es bebernos éste Jugo SuperPoderoso y nos quedaremos con todos tus poderes.
¡GUAY!
TÚ bebes la MiTAD y yo la otra MiTAD. Y Luego DoMINAREmos el Mundo.
Muy bien.
GLÚ GLÚ GLÚ
ZASKA

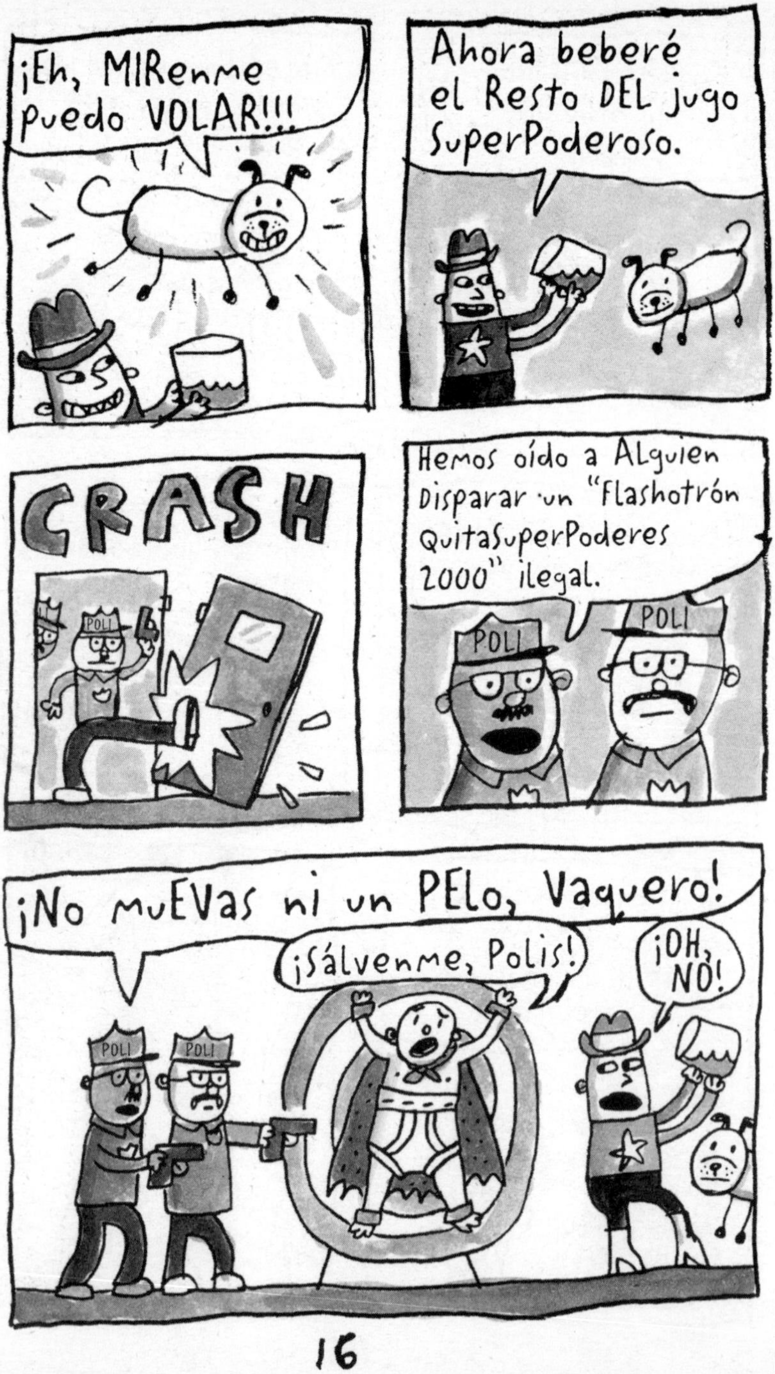
¡Eh, MIRenme puedo VOLAR!!!
Ahora beberé el Resto DEL jugo SuperPoderoso.
CRASH
POLI
Hemos oído a ALguien Disparar un "Flashotrón QuitaSuperPoderes 2000" ilegal.
POLI
POLI
¡No muEVas ni un PElo, Vaquero!
¡Sálvenme, Polis!
¡OH, NO!
POLI
POLI

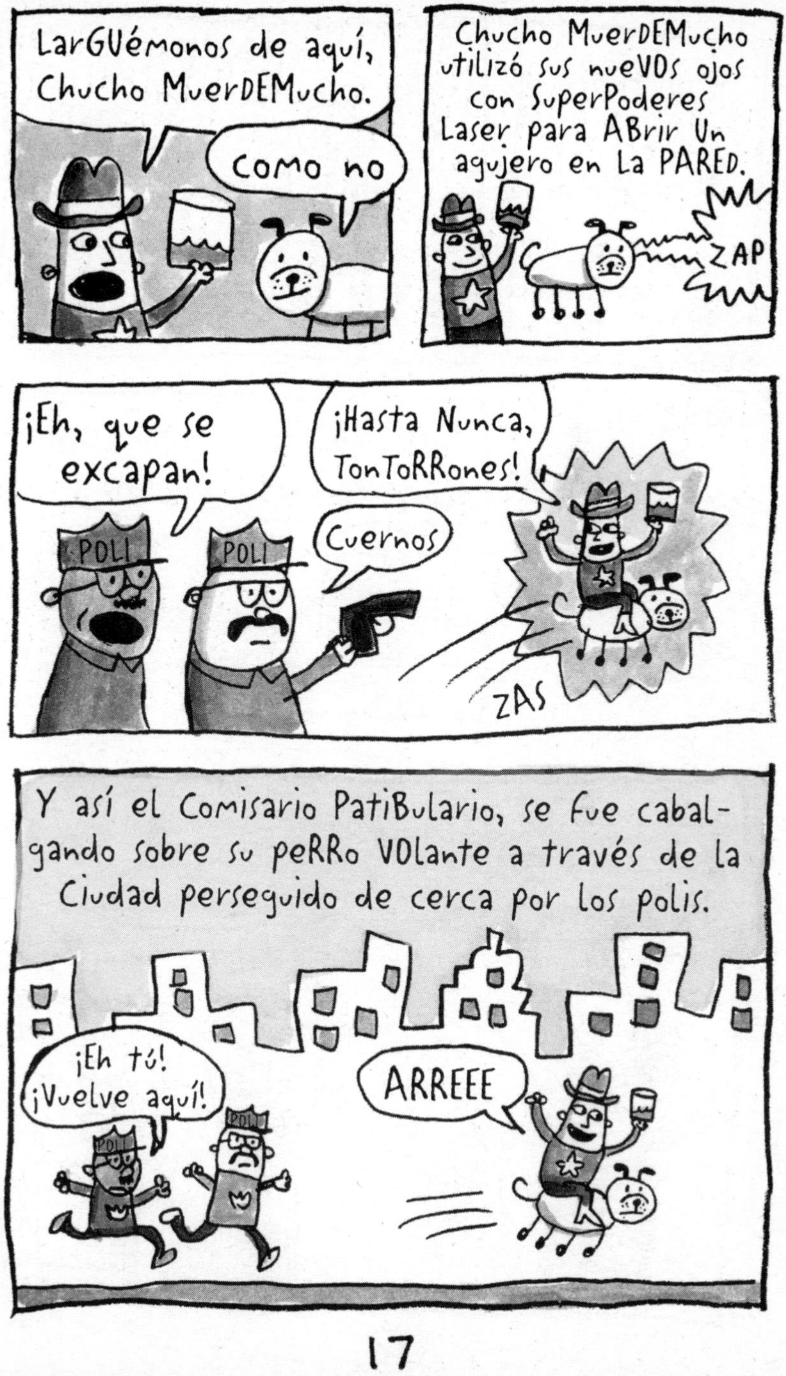
LarGUémonos de aquí, Chucho MuerDEMucho.
Como no
Chucho MuerDEMucho utilizó sus nueVOs ojos con SuperPoderes Laser para ABrir Un agujero en La PARED.
ZAP
¡Eh, que se excapan!
¡Hasta Nunca, TonToRRones!
POLI
POLI
Cuernos
ZAS
Y así el Comisario PatiBulario, se fue cabalgando sobre su peRRo VOLante a través de la Ciudad perseguido de cerca por los polis.
¡Eh tú! ¡Vuelve aquí!
POLI
POLI
ARREEE

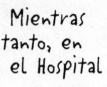

Mientras tanto, en el Hospital

¡EMPUJE!

POP

¡felizidades! Han tenido un Bebé Barón.

Ahora TENgo que darLE "la paliza de su Vida".

Pero hombre, ¿no podría usted darLE sólo una Palmadita de Bienvenida?

18

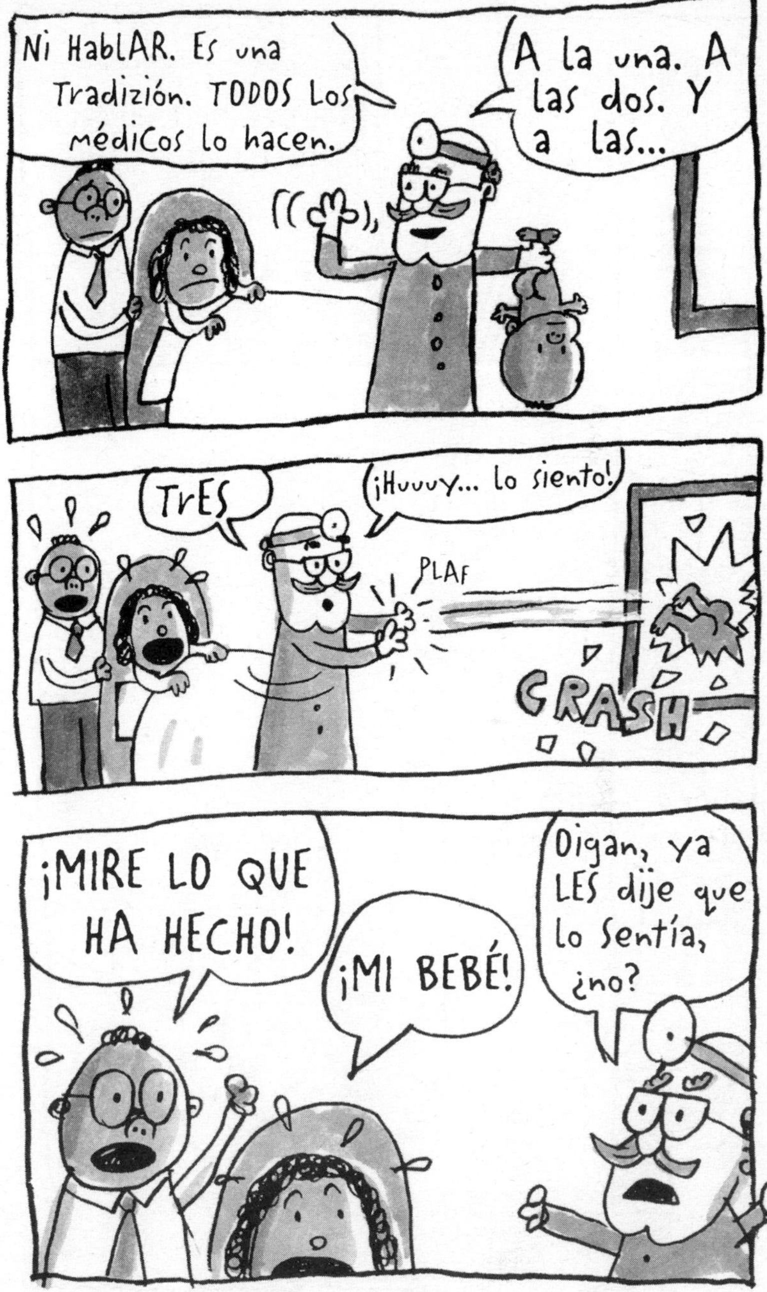
Ni HablAR. Es una Tradizión. TODOS Los médicos lo hacen.
A la una. A las dos. Y a las...
TrES
¡Huuuy... lo siento!
PLAF
CRASH
¡MIRE LO QUE HA HECHO!
¡MI BEBÉ!
Digan, ya LES dije que lo Sentía, ¿no?

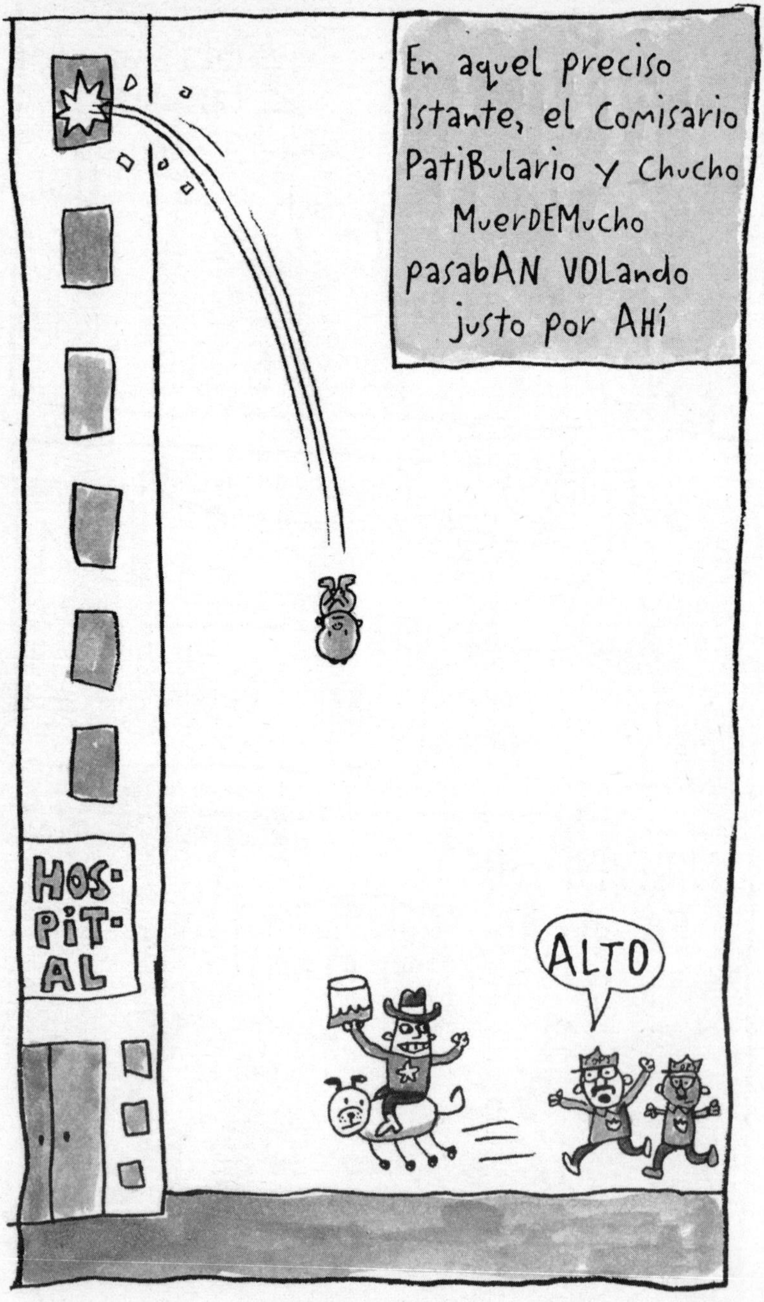
En aquel preciso Istante, el Comisario PatiBulario y Chucho MuerDEMucho pasabAN VOLando justo por AHÍ
HOS-PIT-AL
ALTO

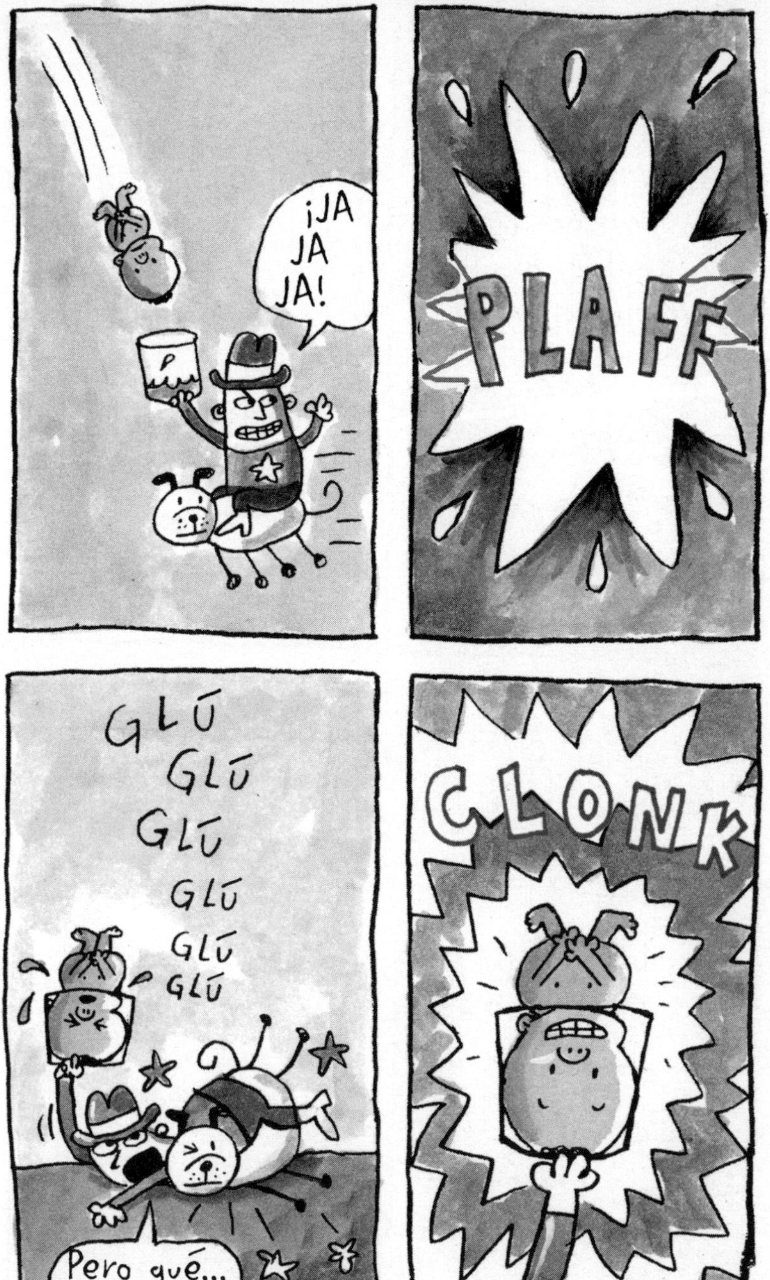
¡JA JA JA!
PLAFF
GLÚ GLÚ GLÚ GLÚ GLÚ GLÚ
Pero qué...
CLONK

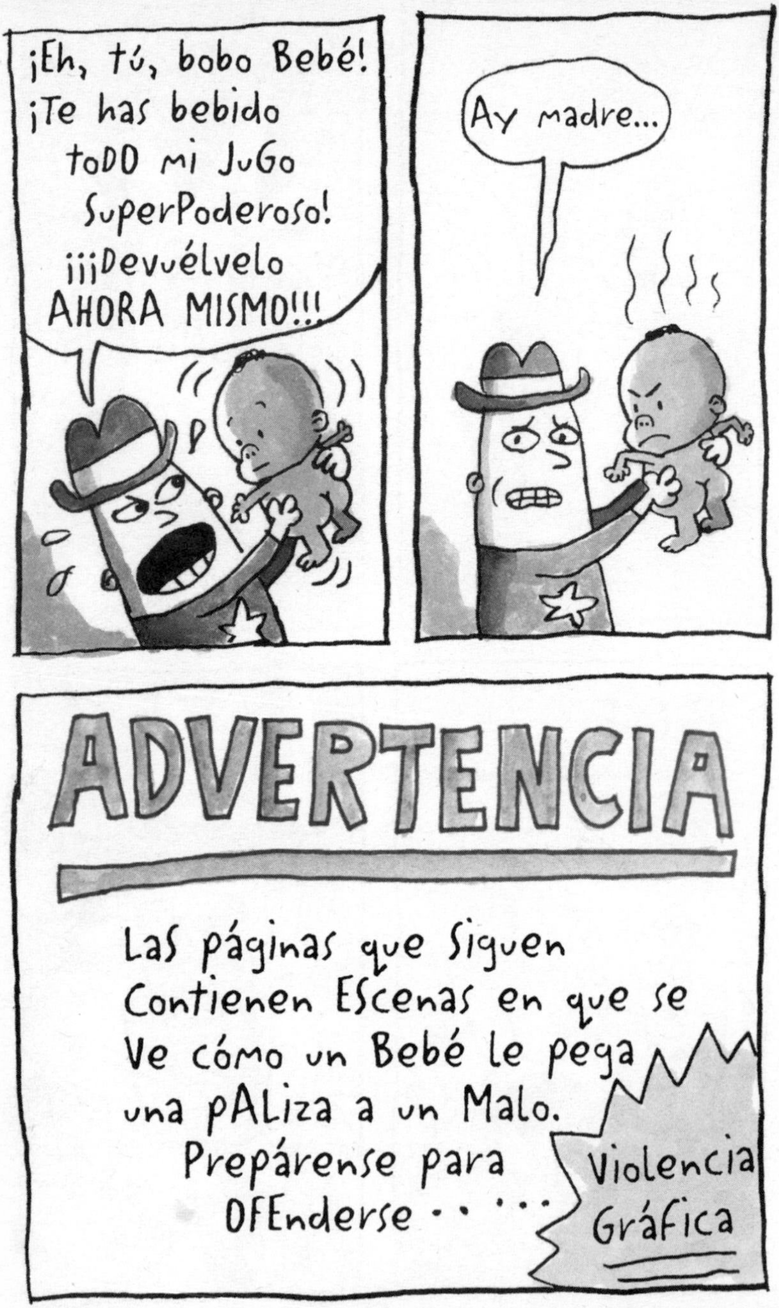
¡Eh, tú, bobo Bebé! ¡Te has bebido toDO mi JuGo SuperPoderoso! ¡¡¡Devuélvelo AHORA MISMO!!!
Ay madre...
ADVERTENCIA
Las páginas que Siguen Contienen EScenas en que se Ve cómo un Bebé le pega una pALiza a un Malo. Prepárense para OFEnderse . . . . .
Violencia Gráfica

FLIPORAMA

¡¡¡ASÍ ES CÓMO FUNCIONA!!!

Paso 1
POn la Mano IzQUierda En las Líneas de Puntos donde dice "AQUÍ MANO IZQUIERDA". Sujeta el Libro abierto del TODO.

Paso 2
Sujeta la Página de la Derecha entre los Dedos Pulgar e índicE de la mano Derecha (dentro de las Líneas de puntos que dicen "Pulgar derecho aquí").

Paso 3
AhorA Agita Deprisa la página de la Derecha de un lado a Otro HastA que parezca que la Ilustración ESTá ANIMADA.

(para más diversión añadan sus propios efectos sonoros especiales)

FLIPORAMA 1
(Páginas 25 y 27)

No se olviden de agitar <u>solo</u> la página 25. Mientras lo Hacen, asegúrense de que Pueden ver la Ilustración de la página 25 y <u>También</u> la de la página 27.

Si lo hacen Rápido, las dos Ilustraciones empezarán a Parecer <u>una</u> sola Ilustración Animada.

No se olviden de añadir sus propios Efectos sonoros.

Aquí Mano Izquierda

¡Toma esto!

Aquí
Pulgar
Derecho

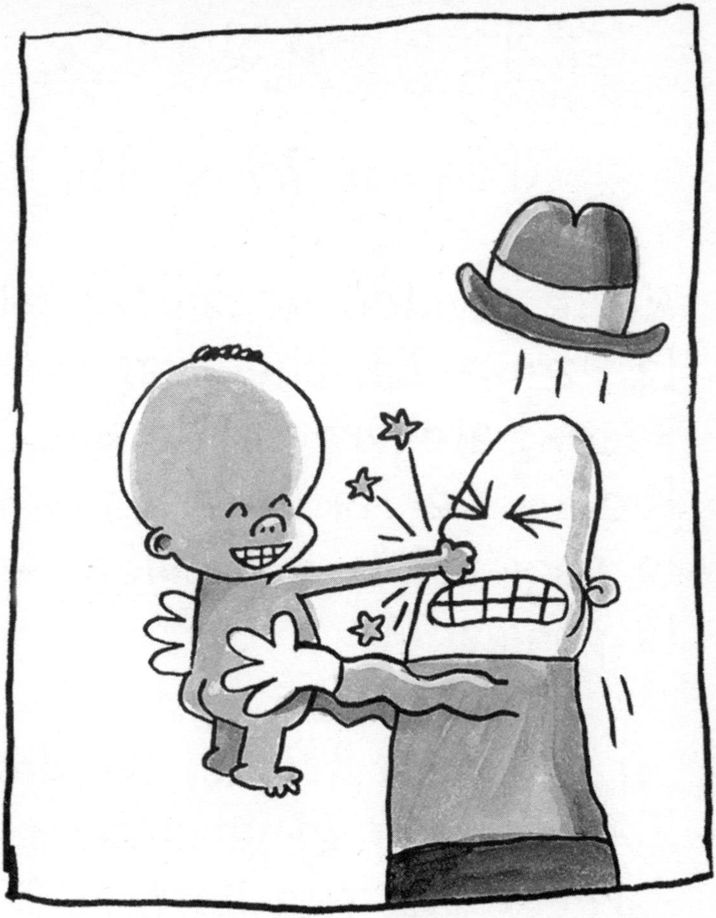

¡Toma esto!

FLIPORAMA 2

(Páginas 29 y 31)

No se olviden de agitar <u>solo</u> la página 29. Mientras lo Hacen, asegúrense de que Pueden ver la ILustración de la página 29 y <u>También</u> la de la página 31.

Si lo hacen Rápido, las dos ILustraciones empezarán a Parecer <u>una</u> sola Ilustración Animada.

No se olviden de añadir sus propios Efectos sonoros.

Aquí Mano IzQuierda

¡Y esto!

Aquí
Pulgar
Derecho

¡Y esto!

FLIPORAMA 3

(Páginas 33 y 35)

No se olviden de agitar solo la página 33. Mientras lo Hacen, asegúrense de que Pueden ver la Ilustración de la página 33 y También la de la página 35.

Si lo hacen Rápido, las dos Ilustraciones empezarán a Parecer una sola y bla, bla, bla.

No se olviden de saltarSE estas páginas sin leerlas.

Aquí Mano IzQUierda

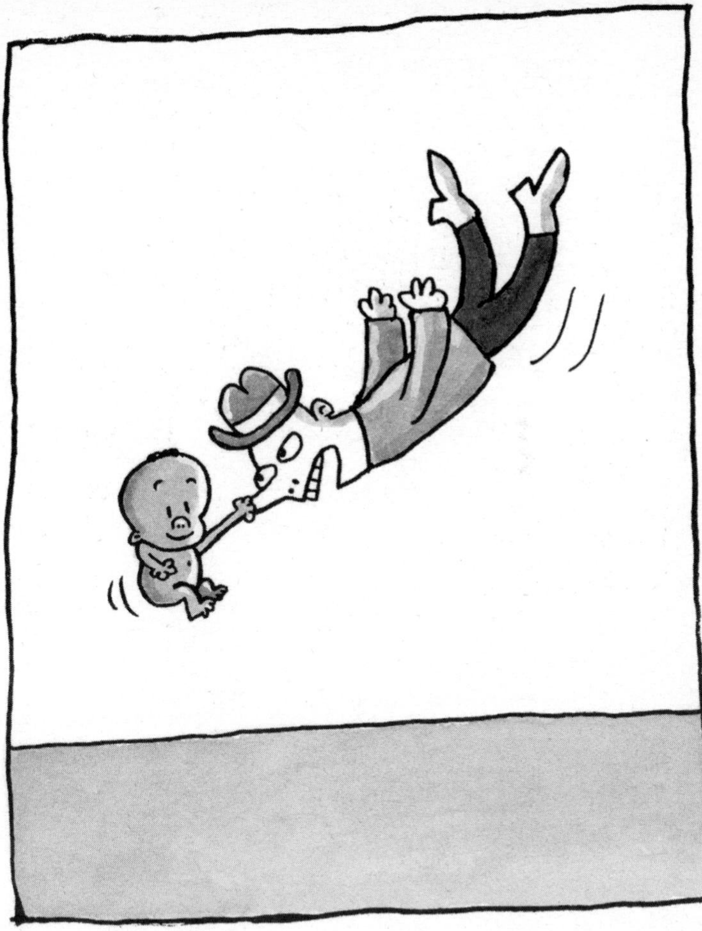

¡Y un poco más de esto!

Aquí
Pulgar
Derecho

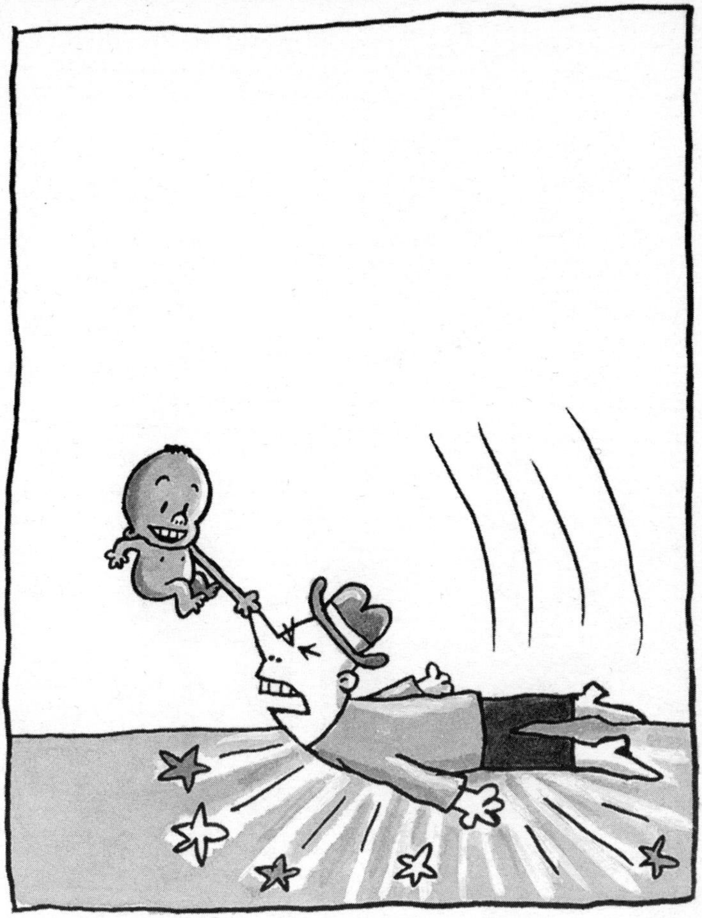

¡Y un poco más de esto!

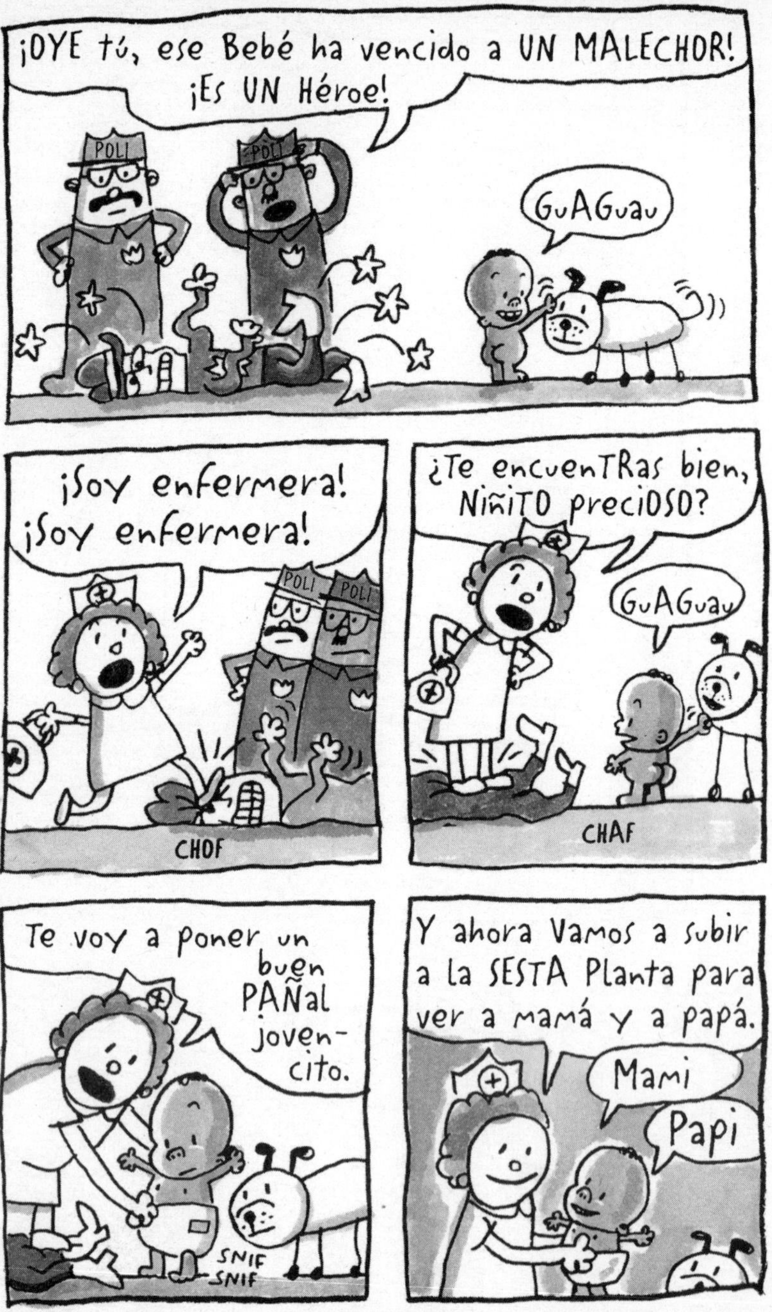
¡OYE tú, ese Bebé ha vencido a UN MALECHOR! ¡Es UN Héroe!
POLI
POLI
GuAGuau
¡Soy enfermera! ¡Soy enfermera!
POLI
POLI
CHOF
¿Te encuentras bien, NiñiTO preciOSO?
GuAGuau
CHAF
Te voy a poner un buen PAÑal joven-cito.
SNIF SNIF
Y ahora Vamos a subir a la SESTA Planta para ver a mamá y a papá.
Mami
Papi

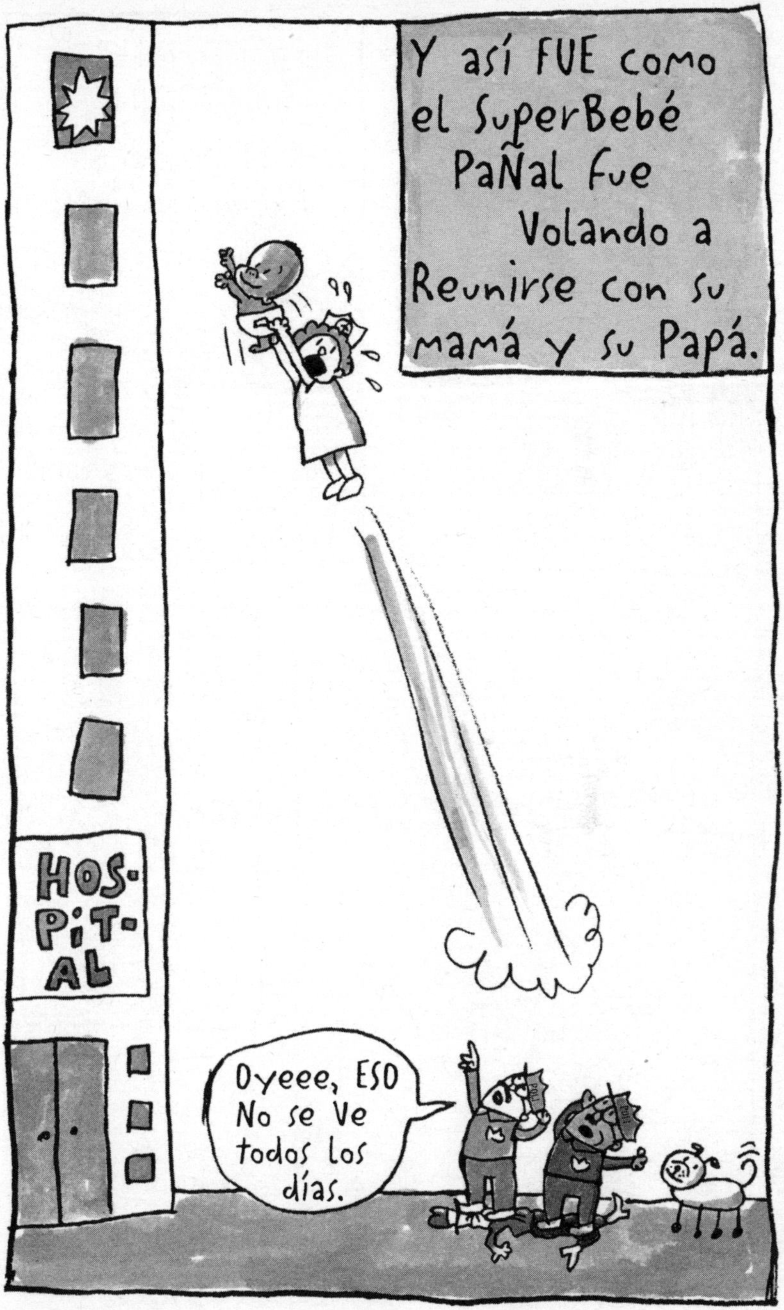
Y así FUE como el SuperBebé PaÑal fue Volando a Reunirse con su mamá y su Papá.
HOS-PiT-AL
Oyeee, ESO No se Ve todos los días.

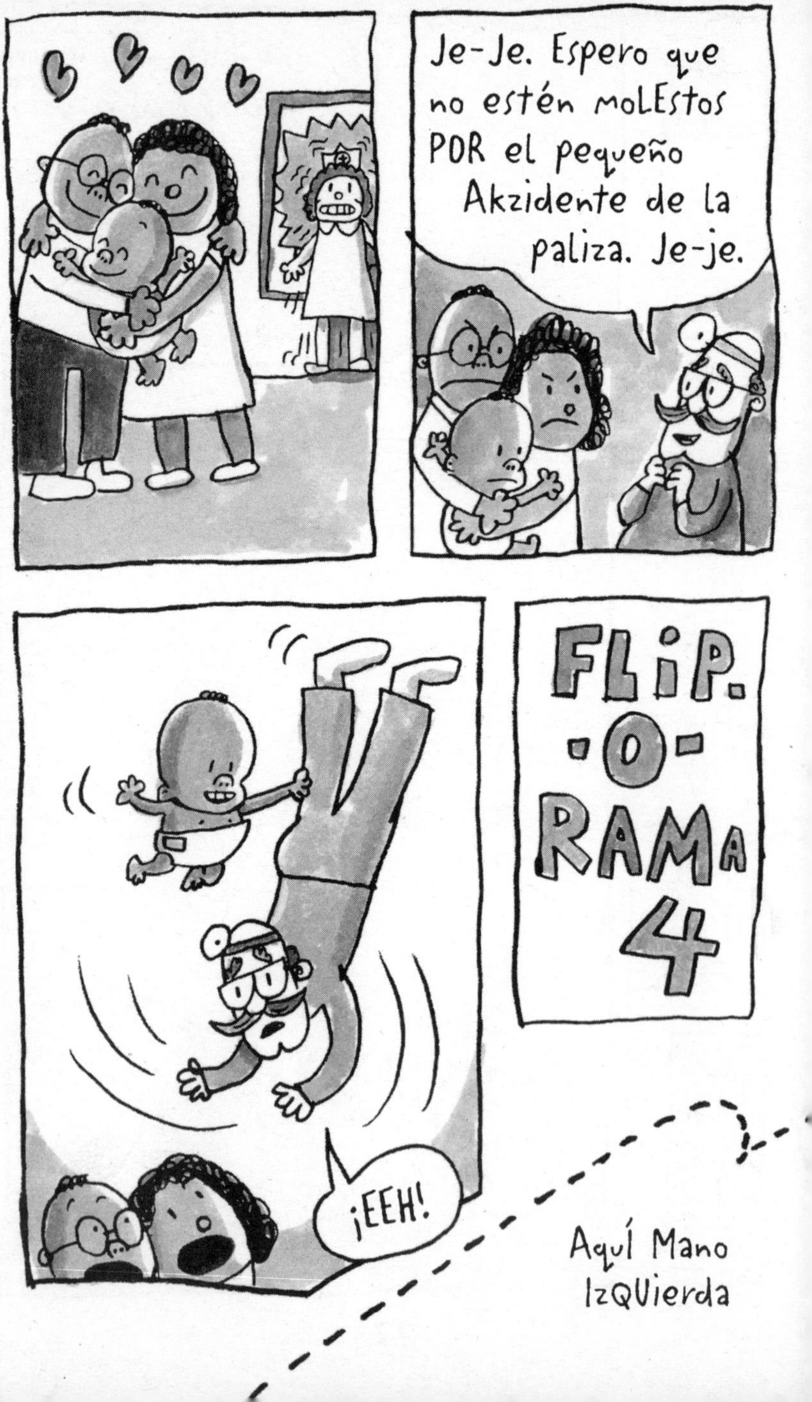

Je-Je. Espero que no estén moLEstos POR el pequeño Akzidente de la paliza. Je-je.
FLIP-O-RAMA 4
¡EEH!
Aquí Mano IzQUierda

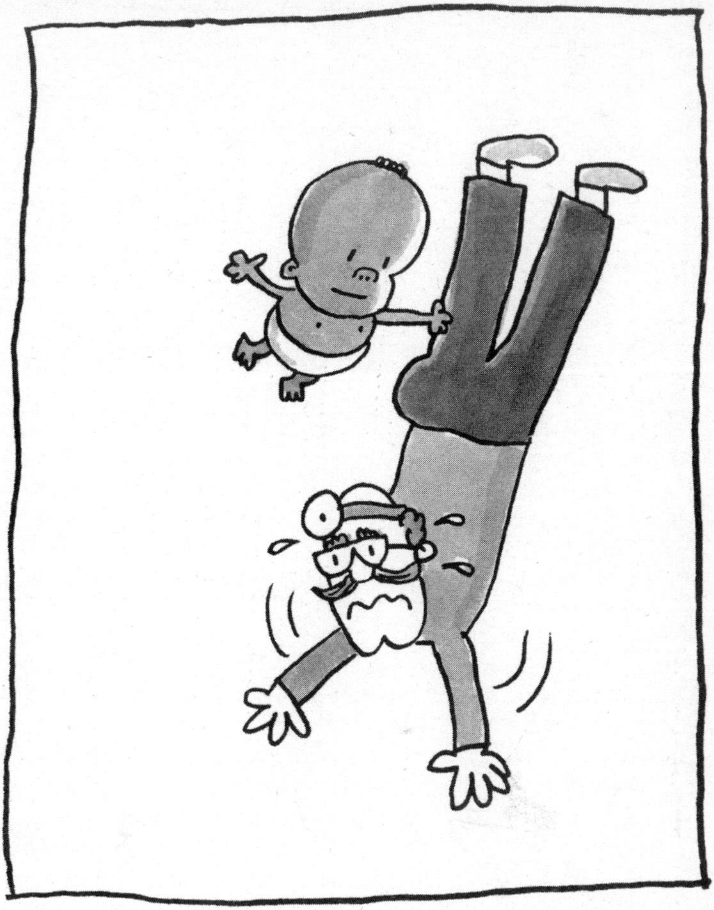

TODO queda Perdonado

Aquí
Pulgar
Derecho

TODO queda Perdonado

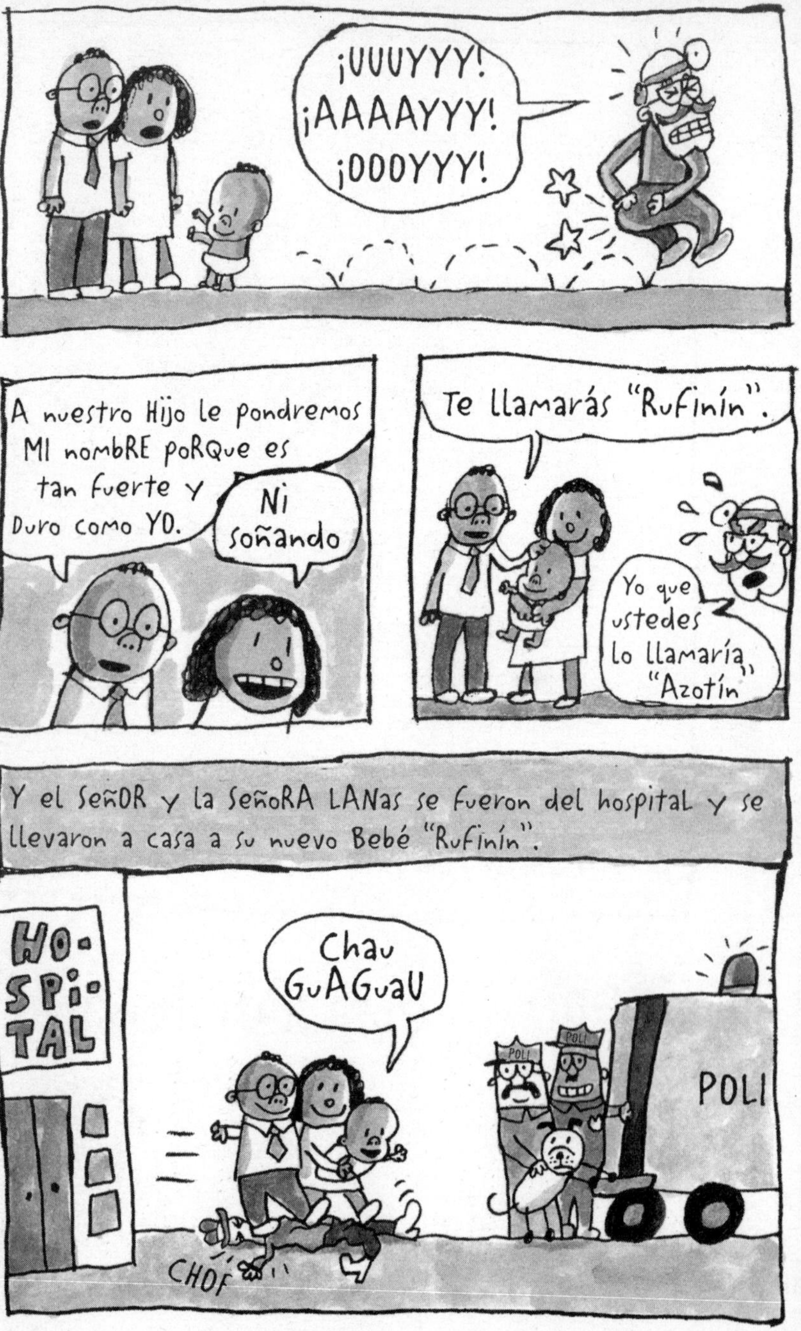
¡UUUYYY! ¡AAAAYYY! ¡OOOYYY!
A nuestro hijo le pondremos mi nombre porque es tan fuerte y duro como yo.
Ni soñando
Te llamarás "Rufinín".
Yo que ustedes lo llamaría "Azotín"
Y el señor y la señora Lanas se fueron del hospital y se llevaron a casa a su nuevo bebé "Rufinín".
HO-SPI-TAL
Chau GuAGuau
POLI
POLI
POLI
CHOF

EL SUPERBEBÉ PAÑAL

✱ ✱ ✱ ✱ ✱ ✱

CAPÍTULO 2
El Plan Malvado

El plan malvado©

SUPERCUNATRÓN 2000™

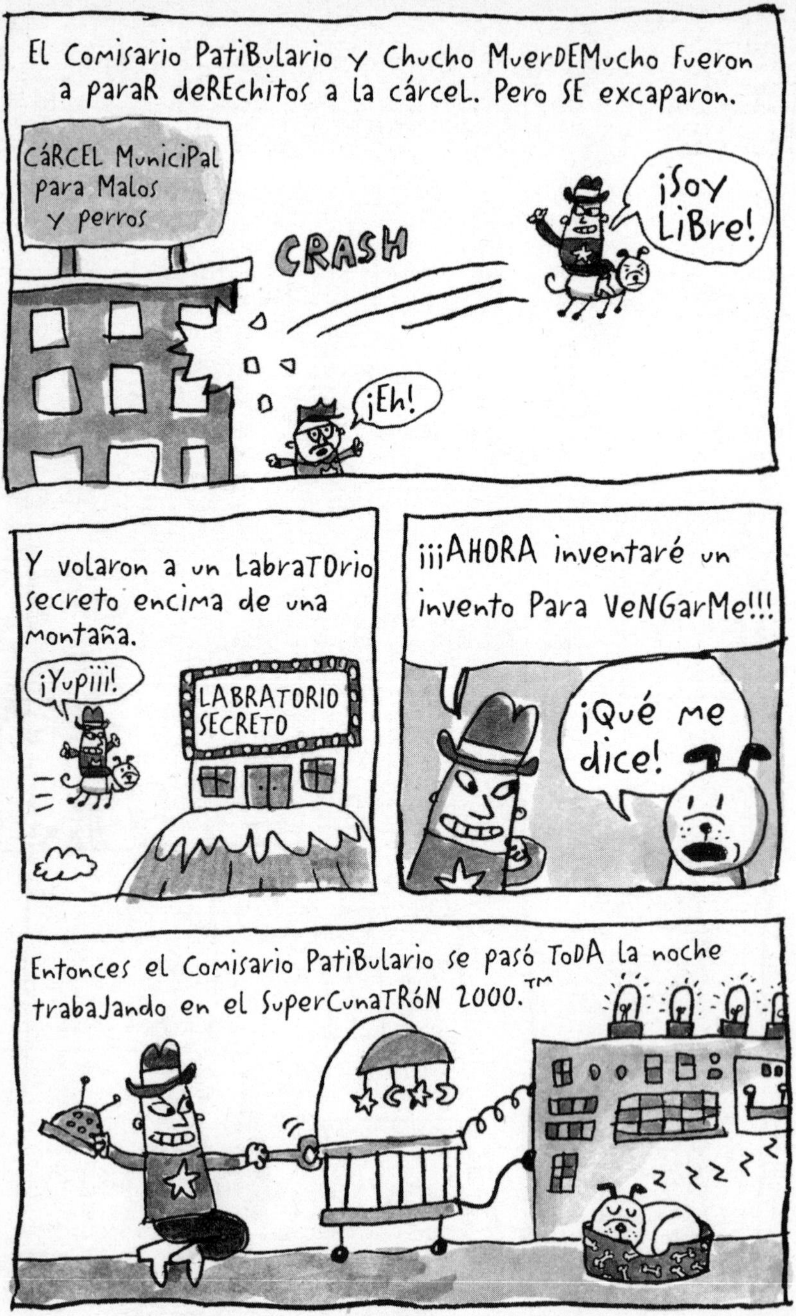
El Comisario PatiBulario y Chucho MuerDEMucho fueron a paraR deREchitos a la cárceL. Pero SE excaparon.
CÁRCEL MuniciPal para Malos y perros
CRASH
¡SoY LiBre!
¡Eh!
Y volaron a un LabraTOrio secreto encima de una montaña.
¡Yupiii!
LABRATORIO SECRETO
¡¡¡AHORA inventaré un invento Para VeNGarMe!!!
¡Qué me dice!
Entonces el Comisario PatiBulario se pasó ToDA la noche trabaJando en el SuperCunaTRÓN 2000.™
Z Z Z Z Z

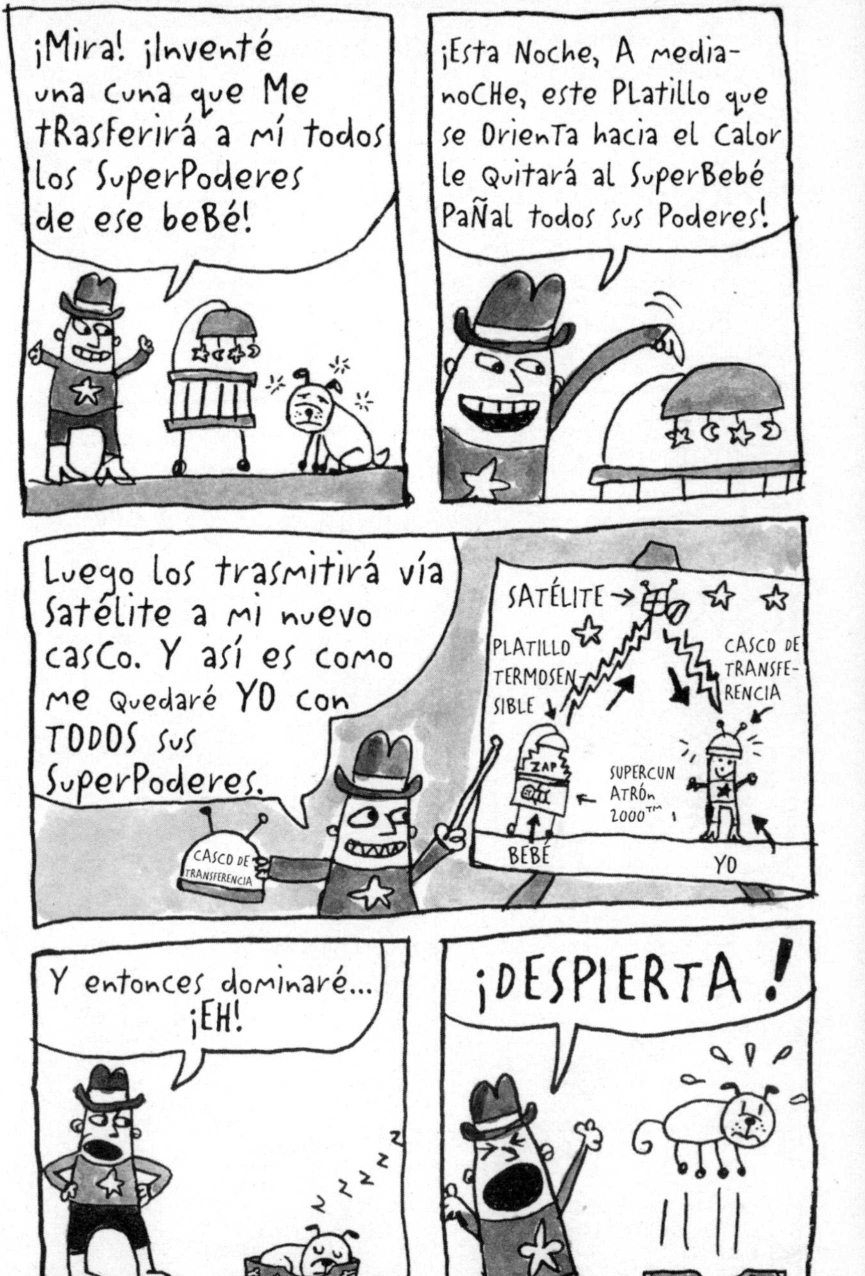
¡Mira! ¡Inventé una cuna que me trasferirá a mí todos los superpoderes de ese bebé!
¡Esta noche, a medianoche, este platillo que se orienta hacia el calor le quitará al Superbebé Pañal todos sus poderes!
Luego los trasmitirá vía satélite a mi nuevo casco. Y así es como me quedaré YO con TODOS sus superpoderes.
SATÉLITE
PLATILLO TERMOSENSIBLE
CASCO DE TRANSFERENCIA
ZAP
SUPERCUNATRÓN 2000™
BEBÉ
YO
CASCO DE TRANSFERENCIA
Y entonces dominaré... ¡EH!
ZZZZZZ
¡DESPIERTA!

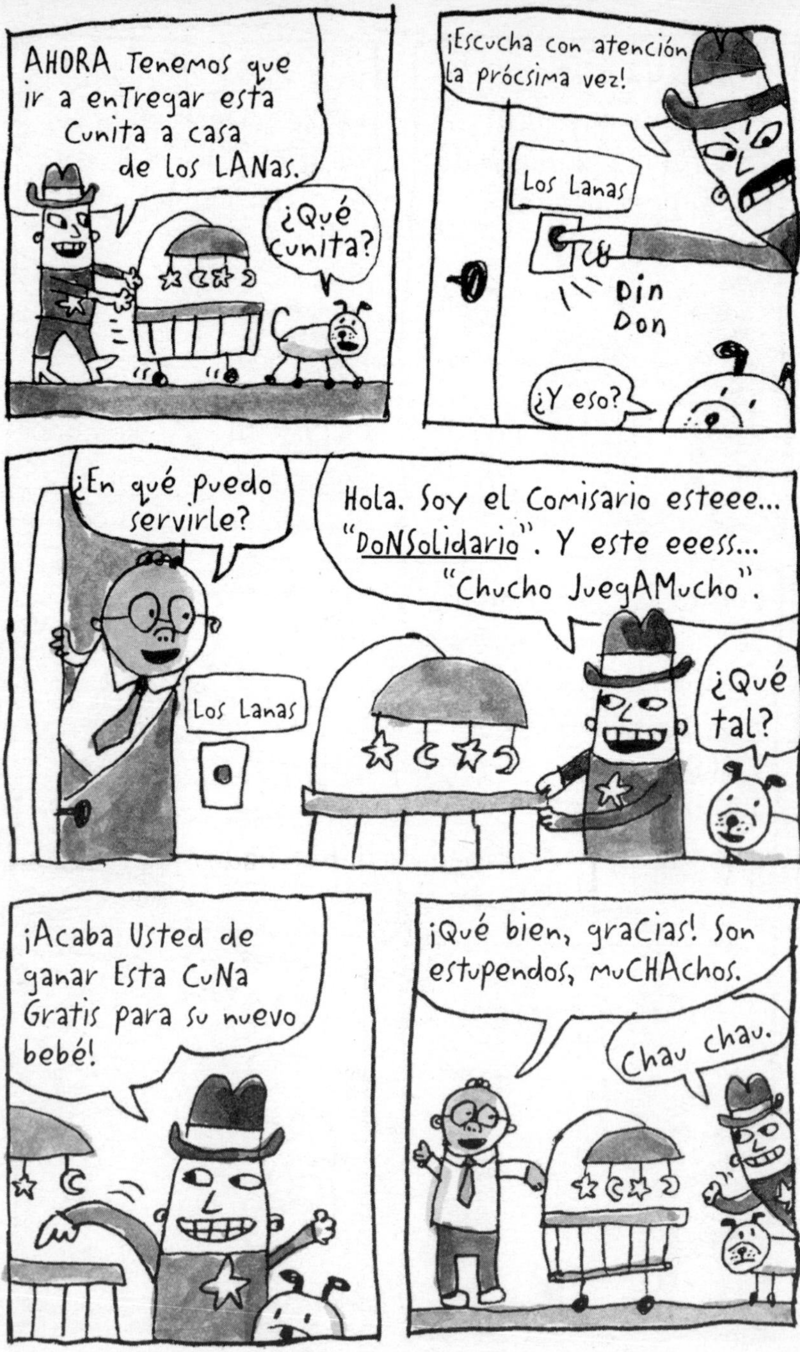
AHORA Tenemos que ir a entregar esta Cunita a casa de los LANas.
¿Qué Cunita?
¡Escucha con atención la prócsima vez!
Los Lanas
DIN DON
¿Y eso?
¿En qué puedo servirle?
Hola. Soy el Comisario esteee... "DoNSolidario". Y este eeess... "Chucho JuegAMucho".
Los Lanas
¿Qué tal?
¡Acaba Usted de ganar Esta CuNa Gratis para su nuevo bebé!
¡Qué bien, graCias! Son estupendos, muCHAchos.
Chau chau.

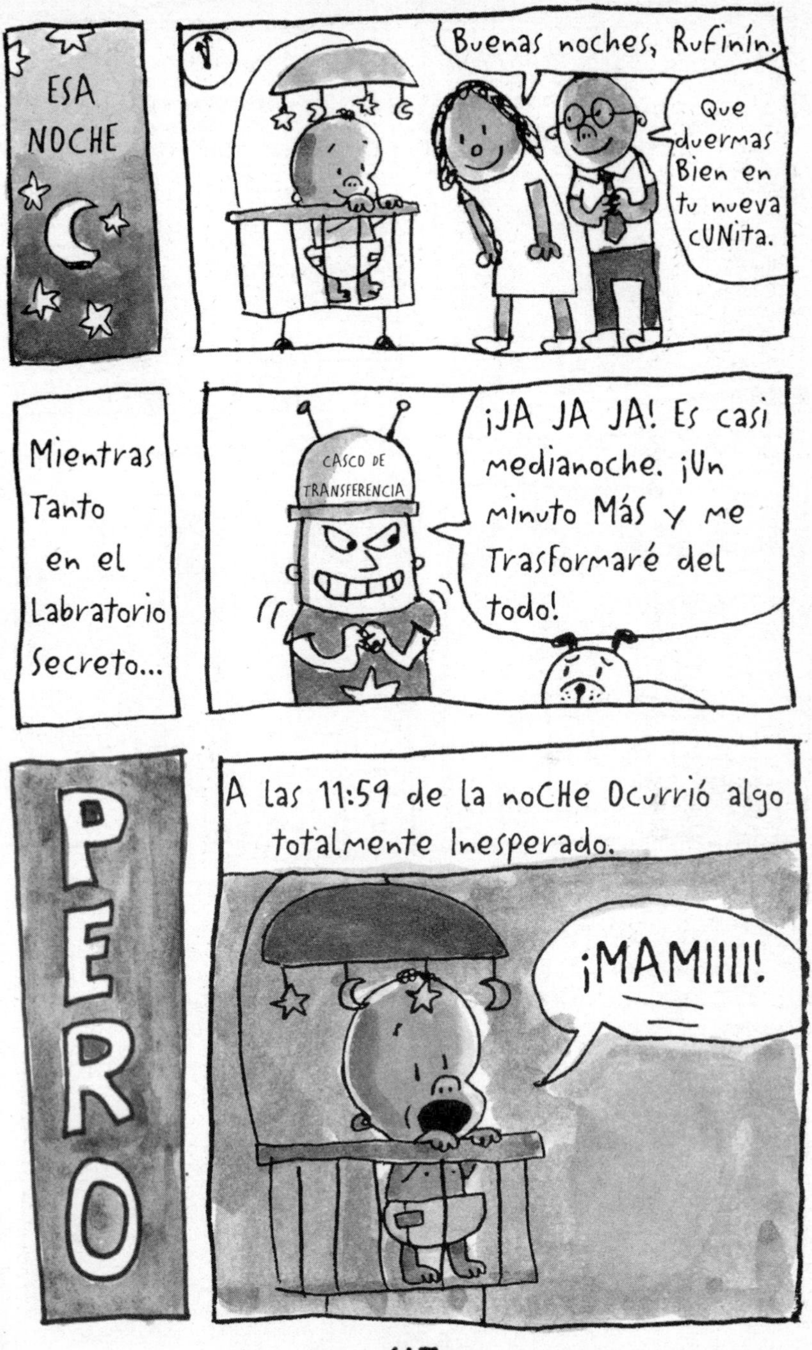

ESA NOCHE
Buenas noches, Rufinín.
Que duermas Bien en tu nueva cUNita.
Mientras Tanto en el Labratorio Secreto...
CASCO DE TRANSFERENCIA
¡JA JA JA! Es casi medianoche. ¡Un minuto Más y me Trasformaré del todo!
PERO
A las 11:59 de la noCHe Ocurrió algo totalmente Inesperado.
¡MAMIIIII!

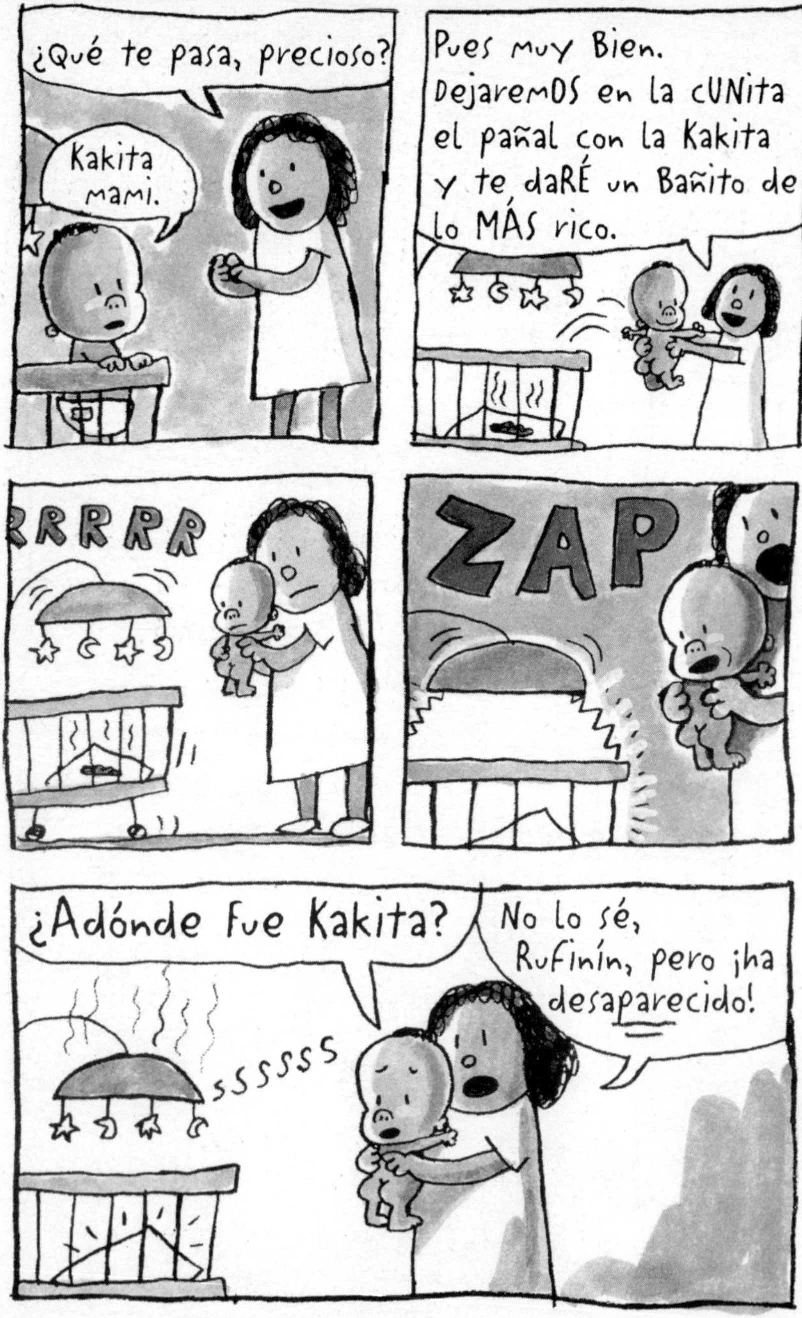
¿Qué te pasa, precioso?
Kakita mami.
Pues muy Bien. Dejaremos en la cUNita el pañal con la Kakita y te daRÉ un Bañito de lo MÁS rico.
RRRRR
ZAP
¿Adónde fue Kakita?
SSSSSS
No lo sé, Rufinín, pero ¡ha desaparecido!

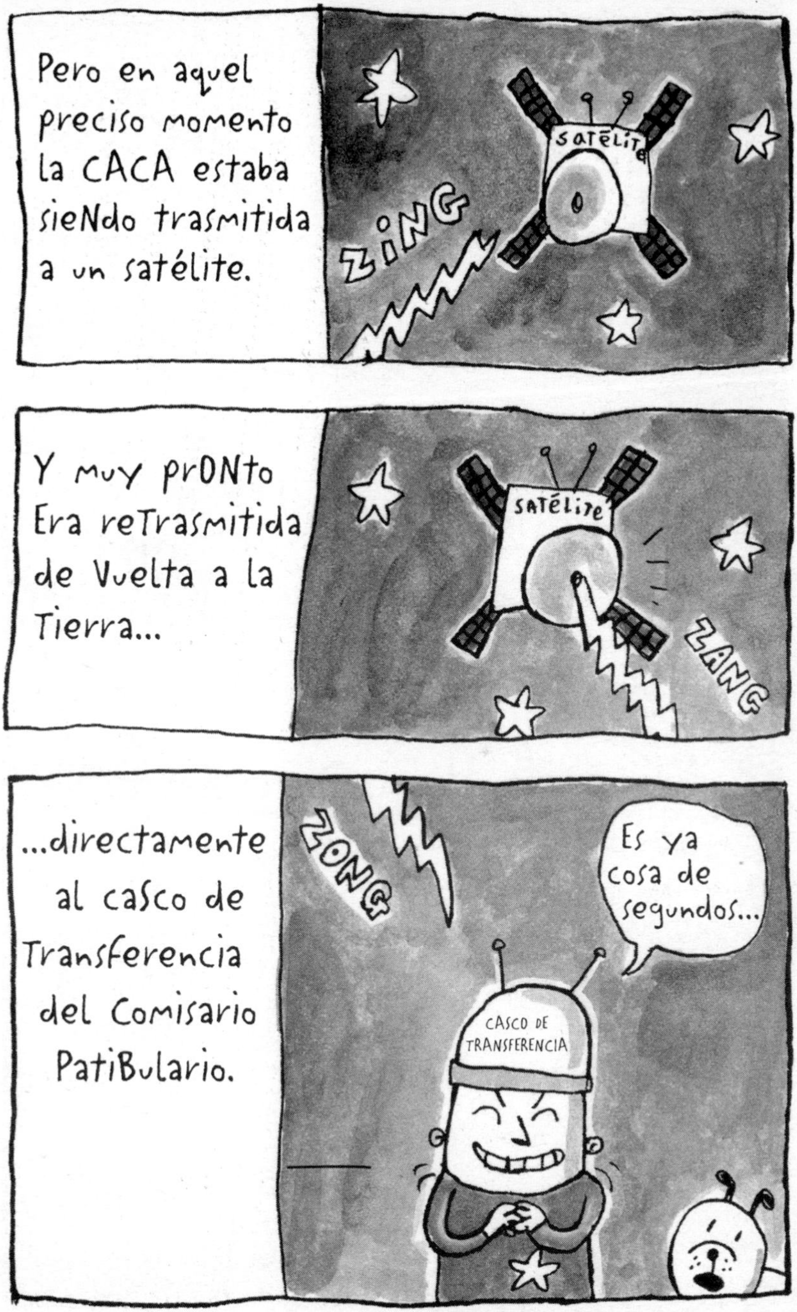
Pero en aquel preciso momento la CACA estaba siendo trasmitida a un satélite.
SATÉLITE
ZING
Y muy pronto Era retrasmitida de Vuelta a la Tierra...
SATÉLITE
ZANG
...directamente al casco de Transferencia del Comisario Patibulario.
ZONG
Es ya cosa de segundos...
CASCO DE TRANSFERENCIA

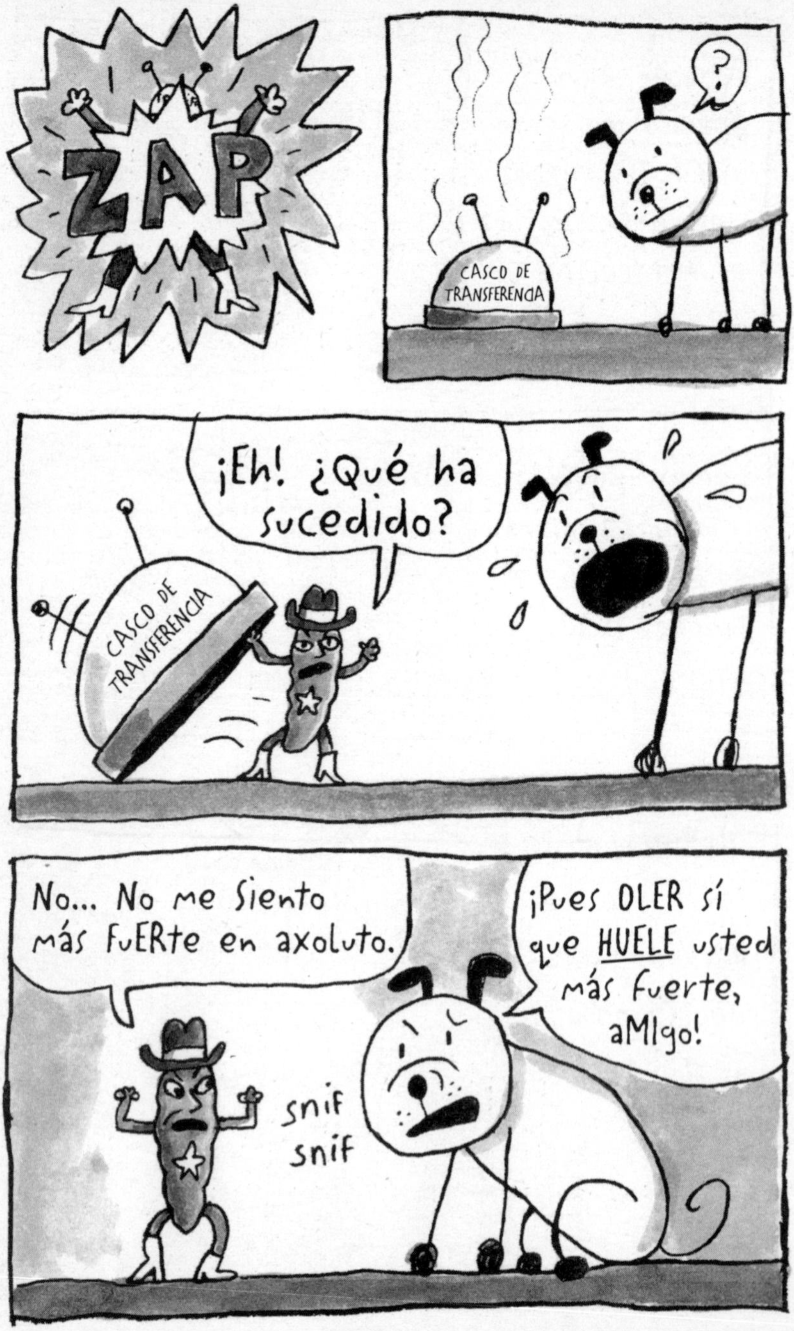
ZAP
?
CASCO DE TRANSFERENCIA
¡Eh! ¿Qué ha sucedido?
CASCO DE TRANSFERENCIA
No... No me siento más fuERte en axoluto.
¡Pues OLER sí que HUELE usted más fuerte, amIgo!
snif snif

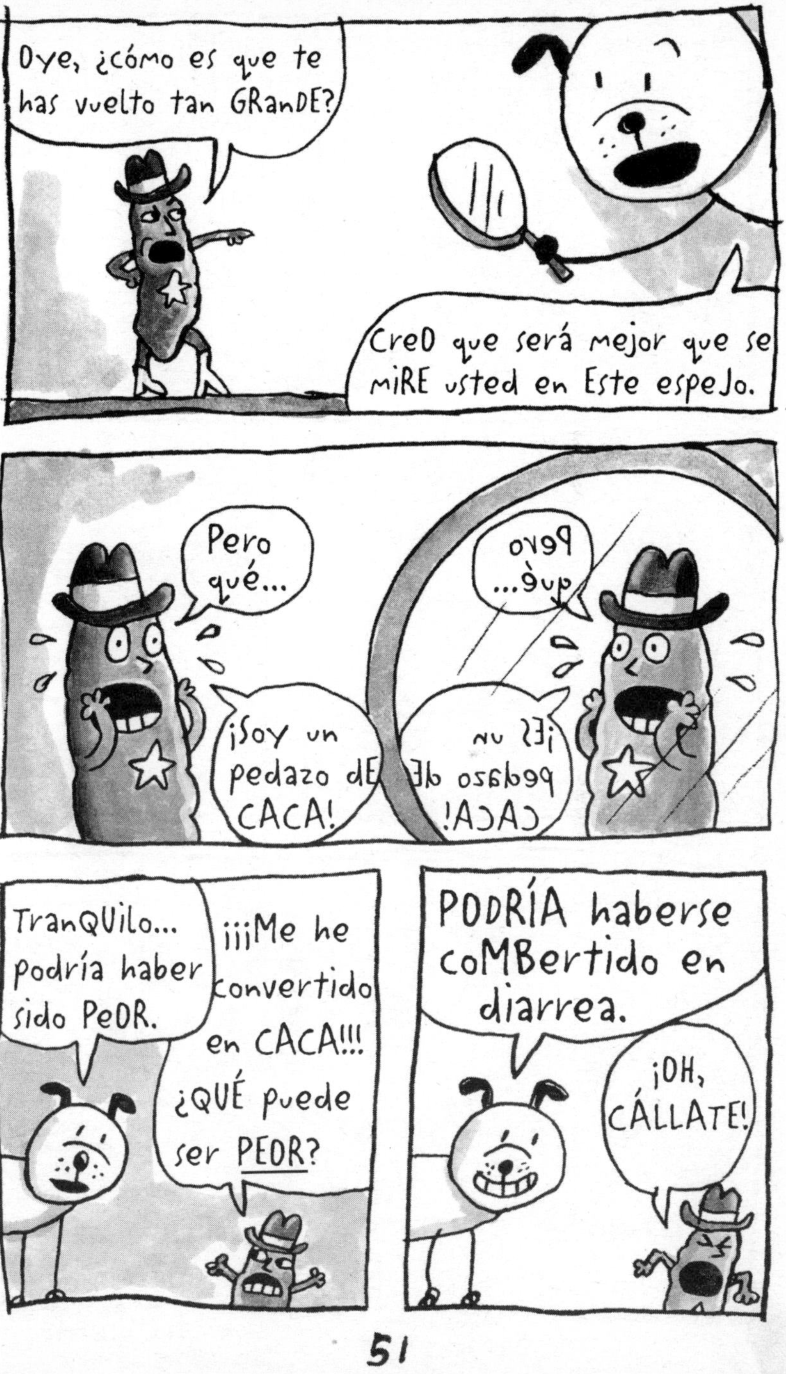
Oye, ¿cómo es que te has vuelto tan GRandE?
CreO que será mejor que se miRE usted en Este espeJo.
Pero qué...
Pero qué...
¡Soy un pedazo dE CACA!
¡ES un pedazo dE CACA!
TranQUilo... podría haber sido PeOR.
¡¡¡Me he convertido en CACA!!! ¿QUÉ puede ser PEOR?
PODRÍA haberse coMBertido en diarrea.
¡OH, CÁLLATE!

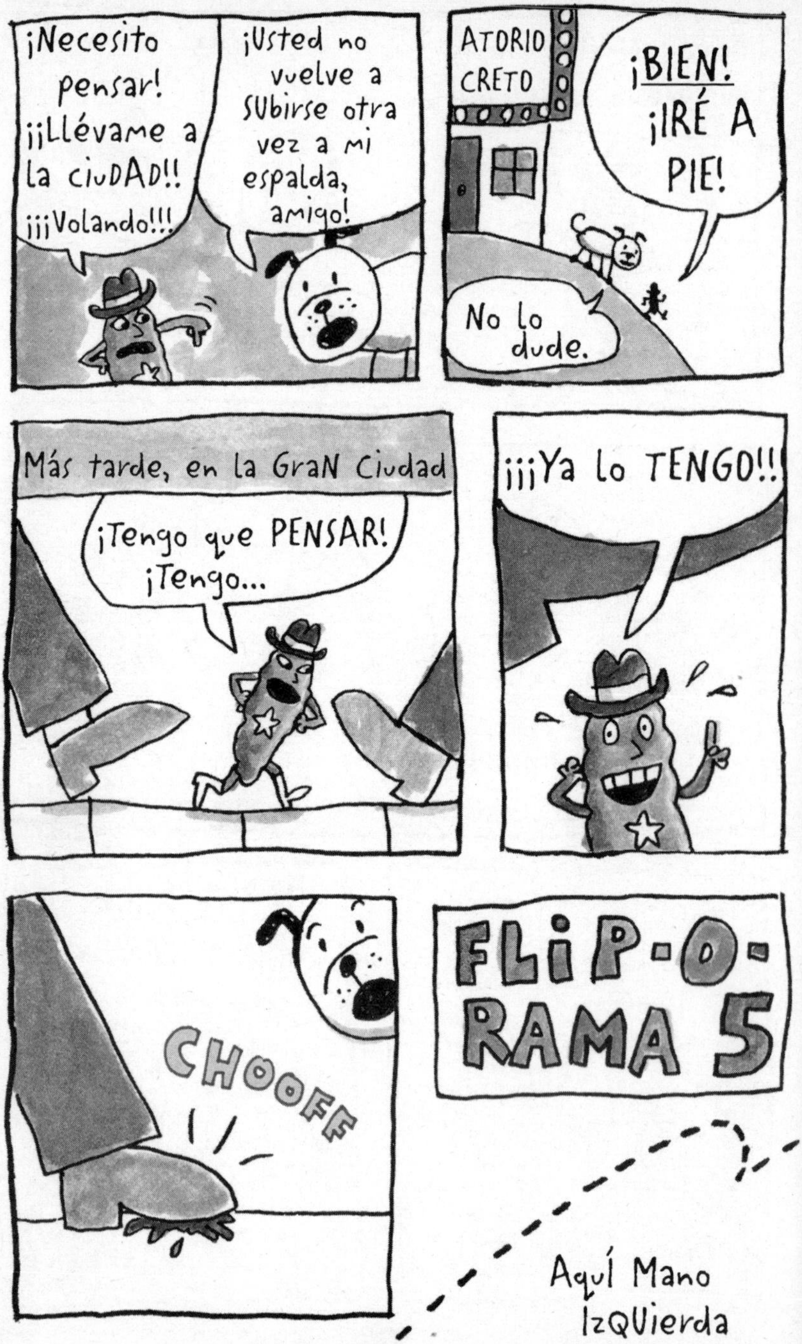
¡Necesito pensar! ¡¡Llévame a la ciuDAD!! ¡¡¡Volando!!!
¡Usted no vuelve a subirse otra vez a mi espalda, amigo!
ATORIO CRETO
¡BIEN! ¡IRÉ A PIE!
No lo dude.
Más tarde, en la GraN Ciudad
¡Tengo que PENSAR! ¡Tengo...
¡¡¡Ya lo TENGO!!!
CHOOFF
FLIP-O-RAMA 5
Aquí Mano Izquierda

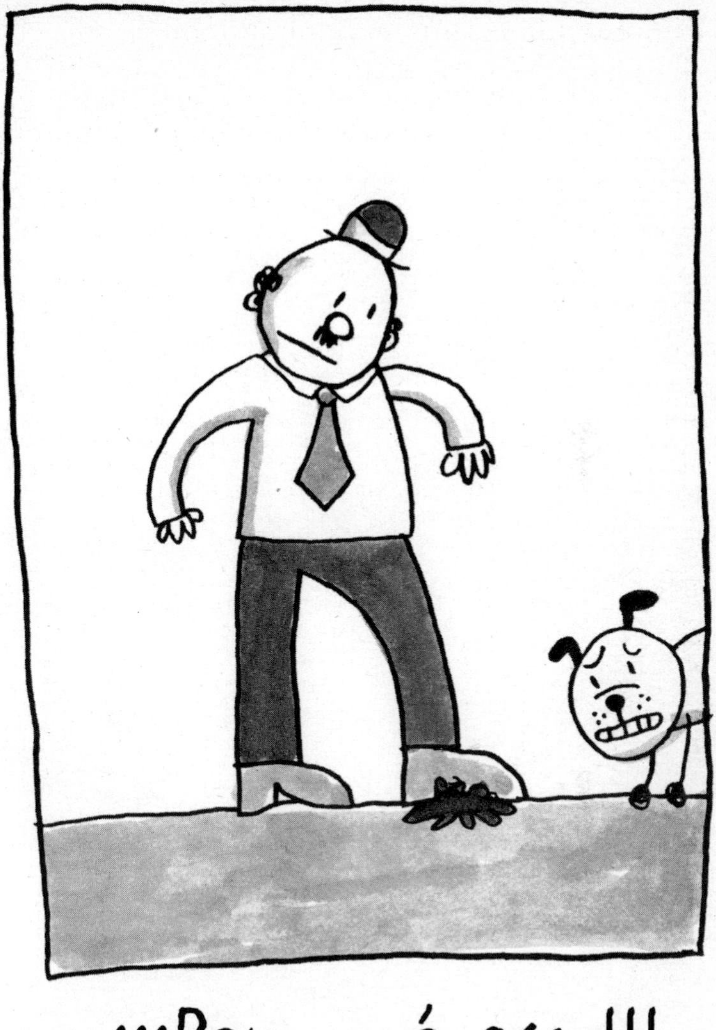

---¡¡¡Pero qué asco!!!

Aquí
Pulgar
Derecho

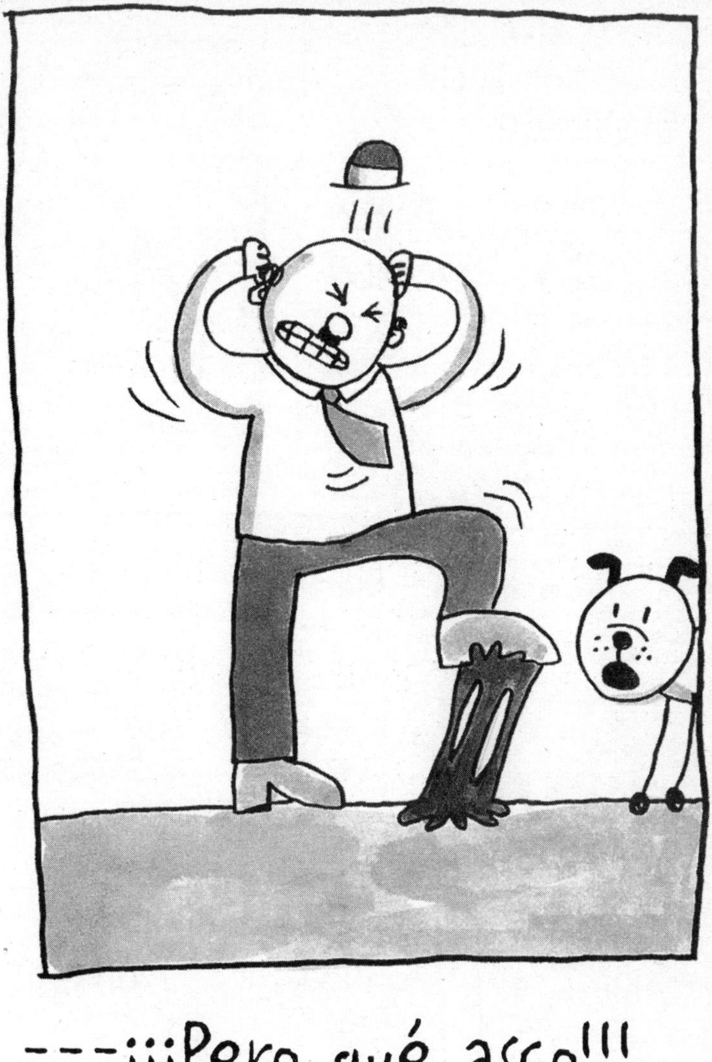

---¡¡¡Pero qué asco!!!

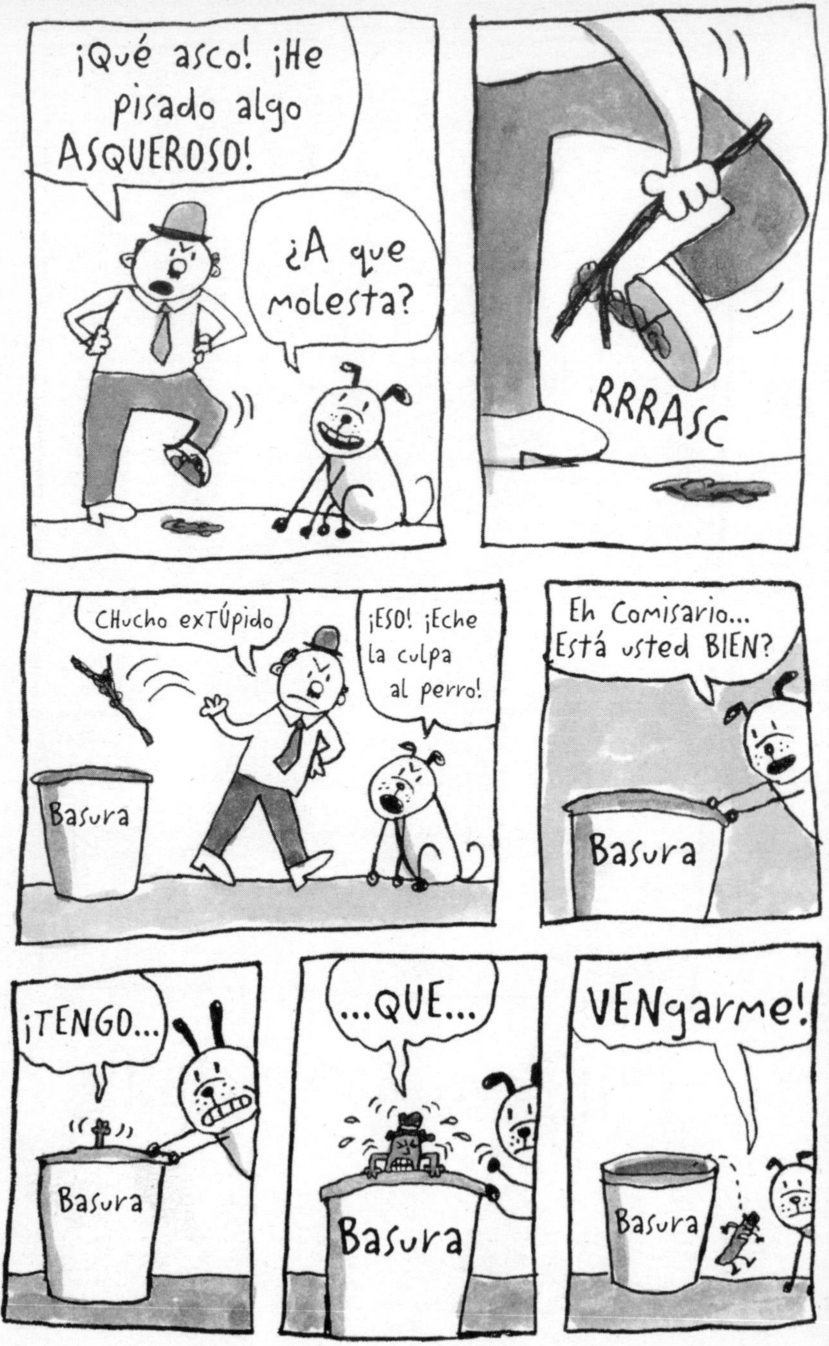
¡Qué asco! ¡He pisado algo ASQUEROSO!
¿A que molesta?
RRRASC
CHucho exTÚpido
¡ESO! ¡Eche la culpa al perro!
Basura
Eh Comisario... Está usted BIEN?
Basura
¡TENGO...
Basura
...QUE...
Basura
VENgarme!
Basura

EL SUPERBEBÉ ★ PAÑAL ★

CAPÍTULO 3
CON "V" de VenGanza

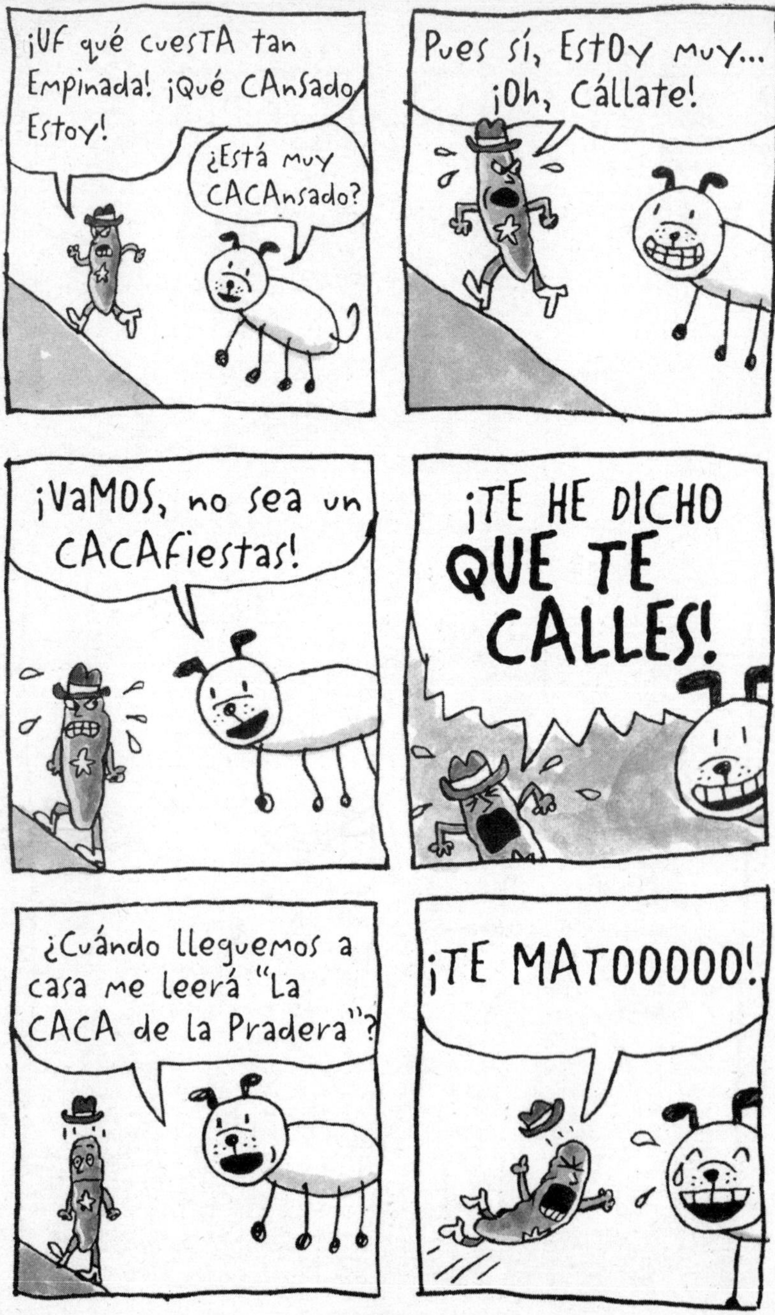
¡UF qué cuesTA tan Empinada! ¡Qué CAnsado Estoy!
¿Está muy CACAnsado?
Pues sí, EstOy muy... ¡Oh, Cállate!
¡VaMOS, no sea un CACAfiestas!
¡TE HE DICHO QUE TE CALLES!
¿Cuándo lleguemos a casa me leerá "La CACA de la Pradera"?
¡TE MATOOOOO!

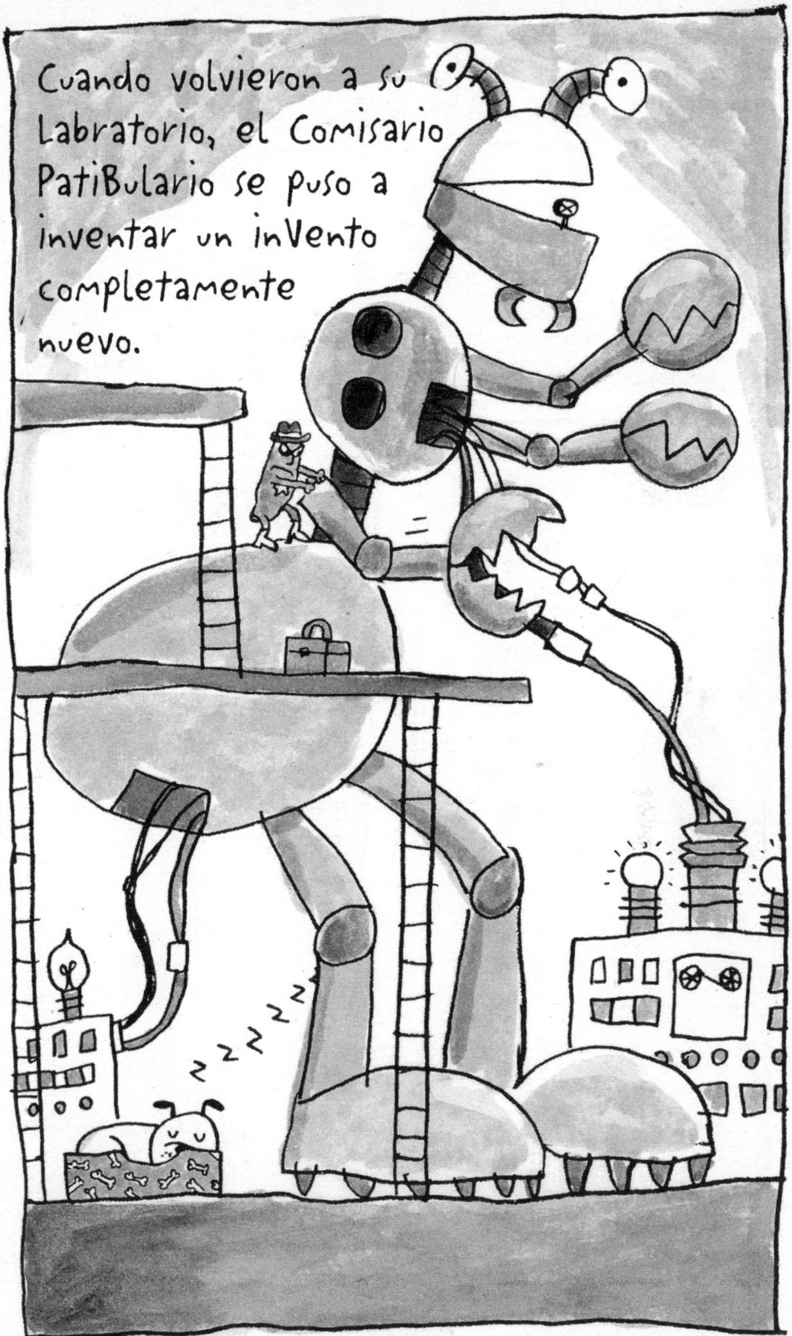
Cuando volvieron a su Labratorio, el Comisario PatiBulario se puso a inventar un inVento completamente nuevo.

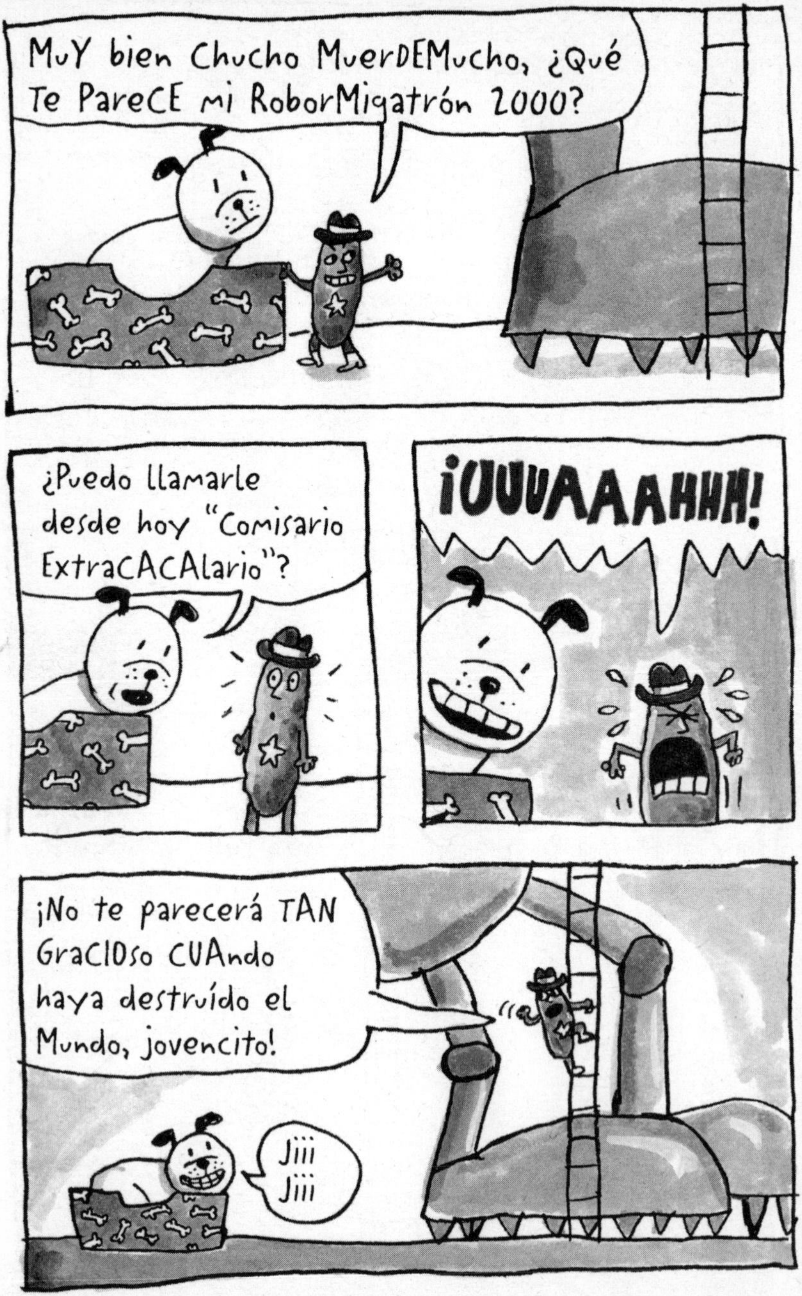
MuY bien Chucho MuerDEMucho, ¿Qué Te PareCE mi RoborMigatrón 2000?
¿Puedo llamarle desde hoy "Comisario ExtraCACAlario"?
¡UUUAAAHHH!
¡No te parecerá TAN GraCIOso CUAndo haya destruído el Mundo, jovencito!
Jiii Jiii

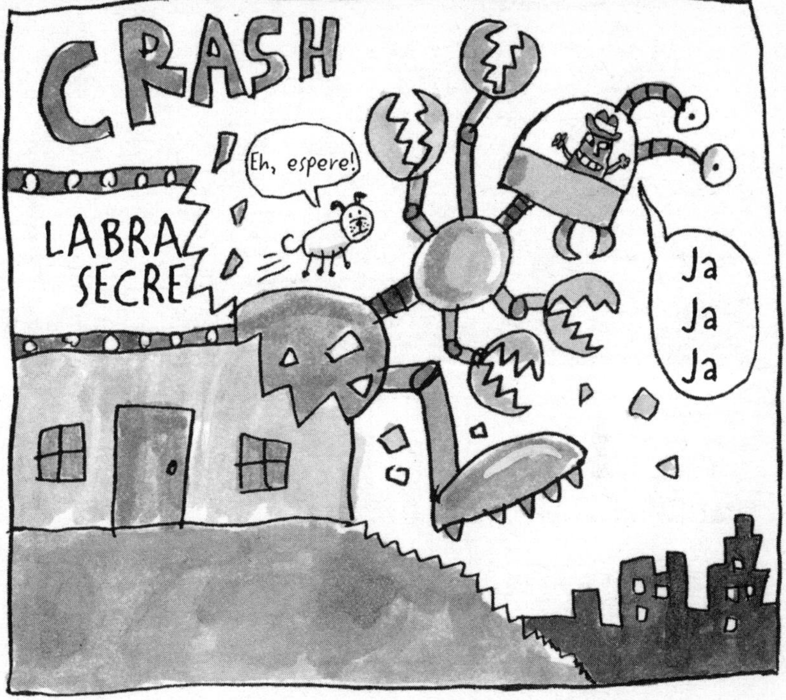
CRASH
LABRA
SECRE
Eh, espere!
Ja
Ja
Ja

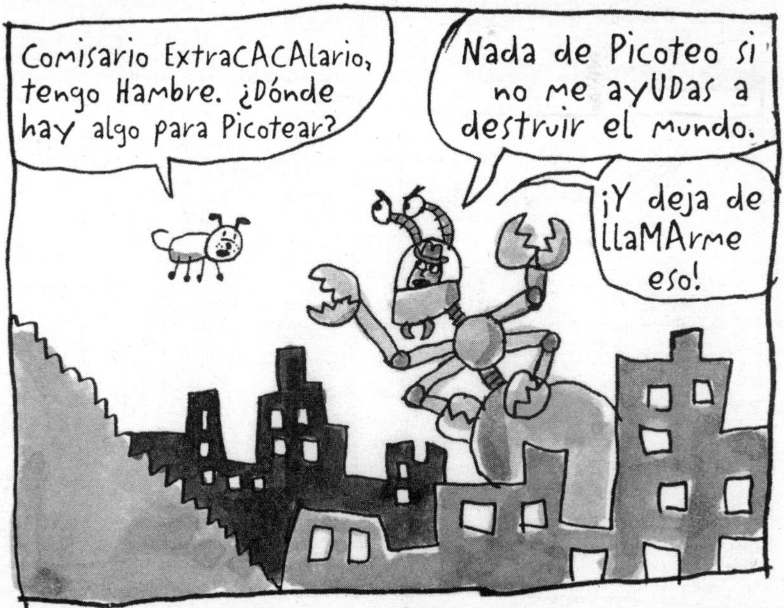
Comisario ExtraCACAlario, tengo Hambre. ¿Dónde hay algo para Picotear?
Nada de Picoteo si no me ayUDas a destruir el mundo.
¡Y deja de llaMArme eso!

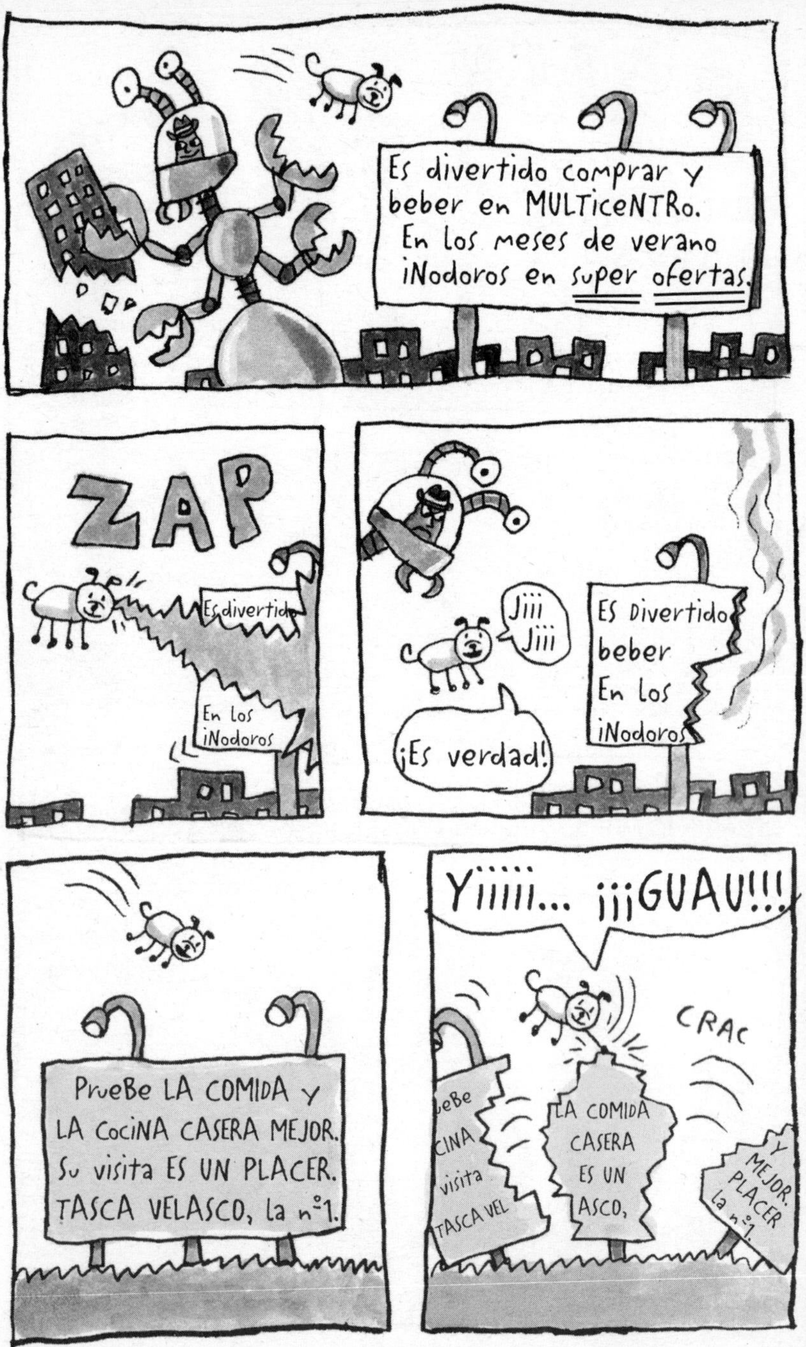
Es divertido comprar y beber en MULTIceNTRo. En los meses de verano iNodoros en super ofertas.
ZAP
Es divertido
En los iNodoros
Jiii Jiii
¡Es verdad!
ES Divertido beber En los iNodoros
PrueBe LA COMIDA y LA CociNA CASERA MEJOR. Su visita ES UN PLACER. TASCA VELASCO, la n.º 1.
Yiiiii... ¡¡¡GUAU!!!
CRAC
eBe CINA visita TASCA VEL
LA COMIDA CASERA ES UN ASCO,
Y MEJOR. PLACER la n.º 1.

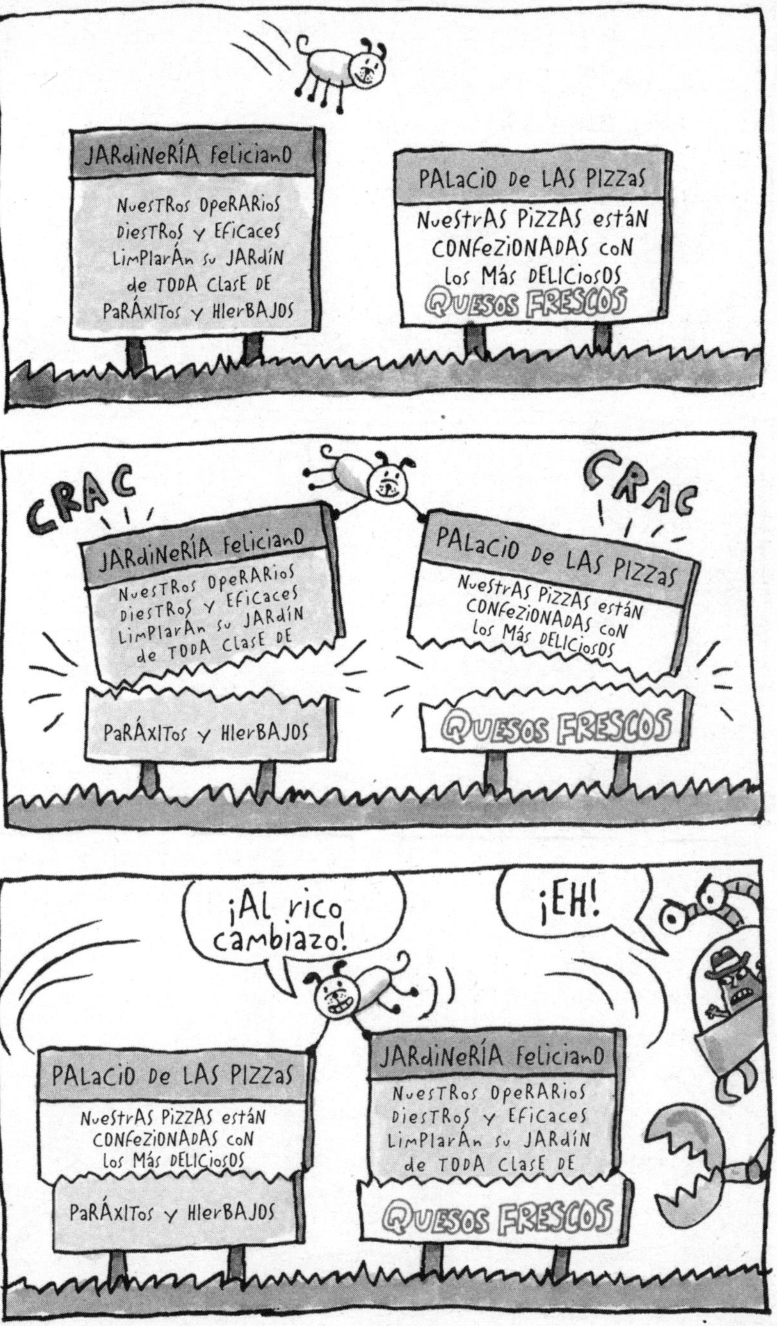
JARDINERÍA FELICIANO
Nuestros operarios diestros y eficaces limpiarán su jardín de toda clase de paráxitos y hierbajos
PALACIO DE LAS PIZZAS
Nuestras pizzas están confezionadas con los más deliciosos QUESOS FRESCOS
CRAC
JARDINERÍA FELICIANO
Nuestros operarios diestros y eficaces limpiarán su jardín de toda clase de
paráxitos y hierbajos
CRAC
PALACIO DE LAS PIZZAS
Nuestras pizzas están confezionadas con los más deliciosos
QUESOS FRESCOS
¡Al rico cambiazo!
¡EH!
PALACIO DE LAS PIZZAS
Nuestras pizzas están confezionadas con los más deliciosos
paráxitos y hierbajos
JARDINERÍA FELICIANO
Nuestros operarios diestros y eficaces limpiarán su jardín de toda clase de
QUESOS FRESCOS

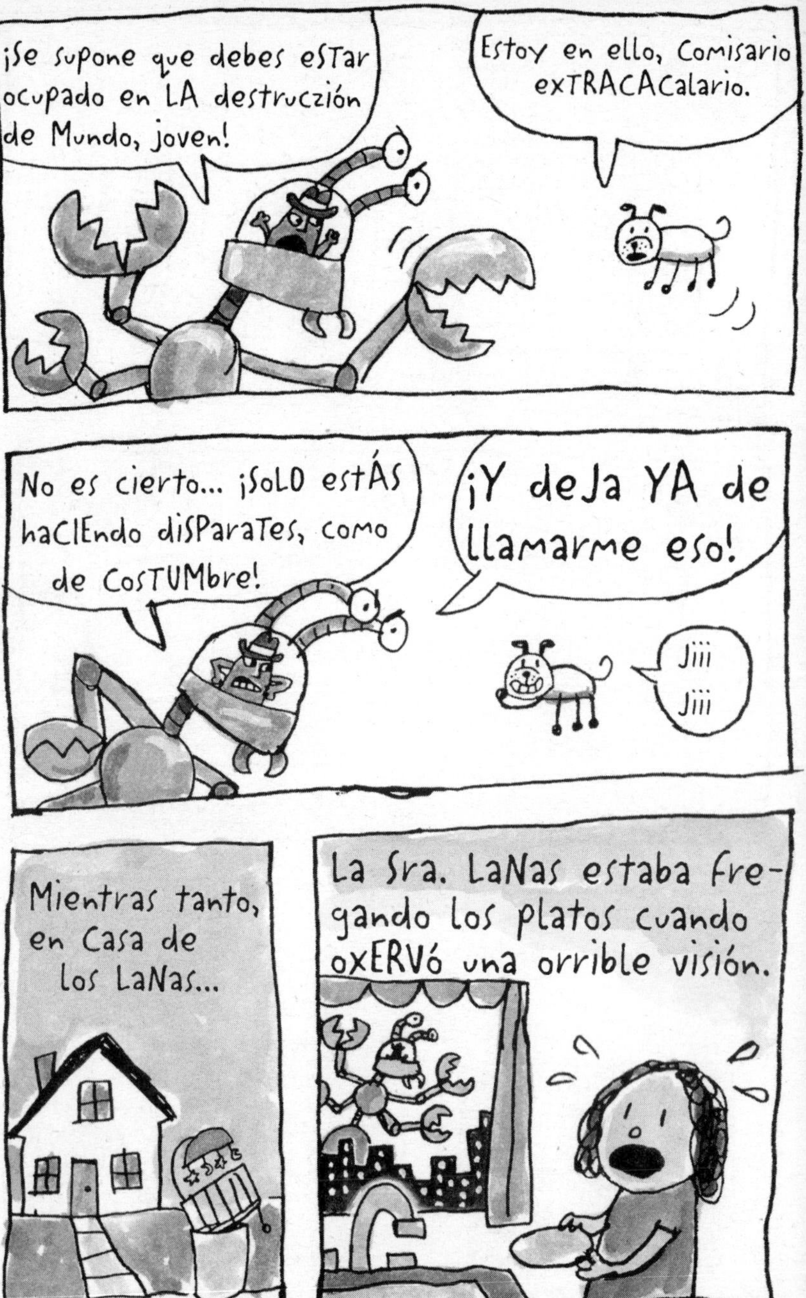
¡Se supone que debes esTar ocupado en LA destrucción de Mundo, joven!
Estoy en ello, Comisario exTRACACalario.
No es cierto... ¡SoLO estÁS haCIEndo disParaTes, como de CosTUMbre!
¡Y deJa YA de llamarme eso!
Jiii Jiii
Mientras tanto, en Casa de los LaNas...
La Sra. LaNas estaba fregando los platos cuando oxERVó una orrible visión.

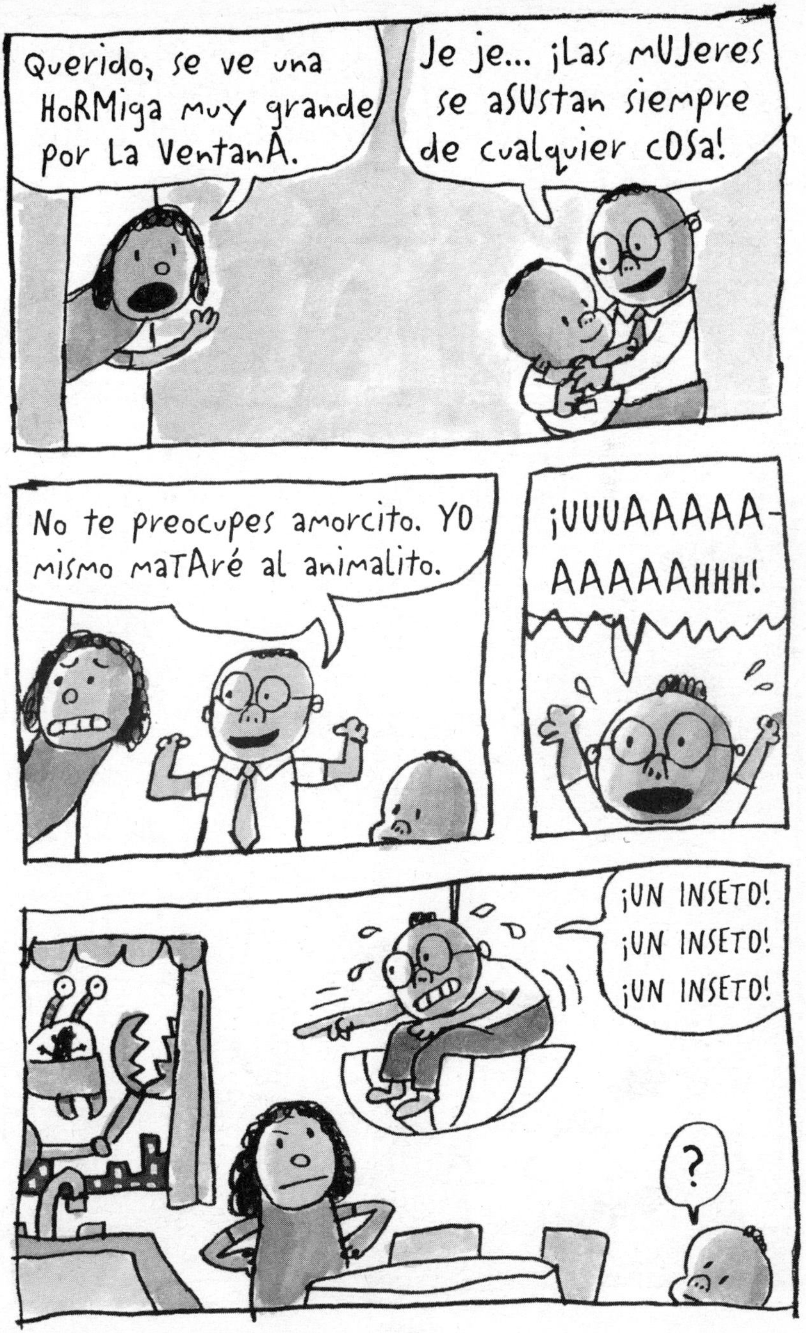
Querido, se ve una HoRMiga muy grande por La VentanA.
Je je... ¡Las mUJeres se asUstan siempre de cualquier cOSa!
No te preocupes amorcito. YO mismo maTAré al animalito.
¡UUUAAAAA-AAAAAHHH!
¡UN INSETO! ¡UN INSETO! ¡UN INSETO!
?

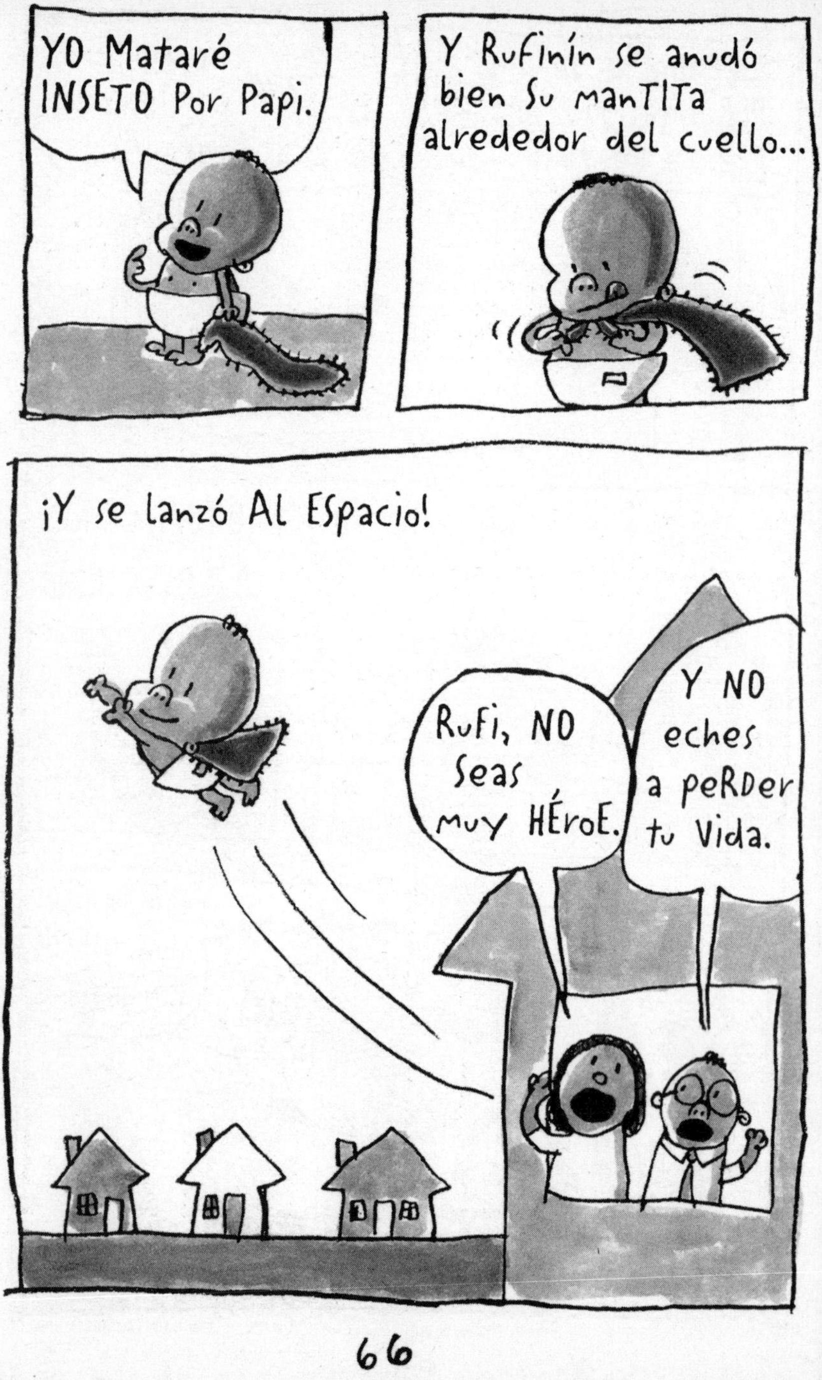
YO Mataré INSETO Por Papi.
Y Rufinín se anudó bien Su manTITa alrededor del cuello...
¡Y se lanzó AL ESpacio!
Rufi, NO seas muy HÉroE.
Y NO eches a peRDer tu Vida.

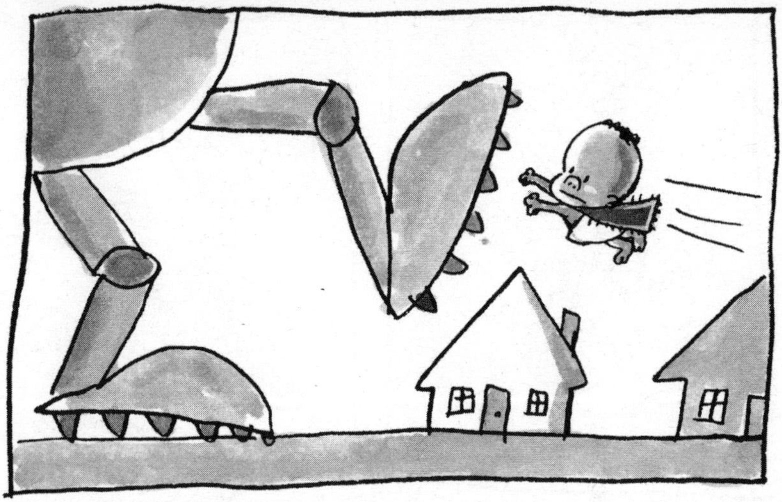

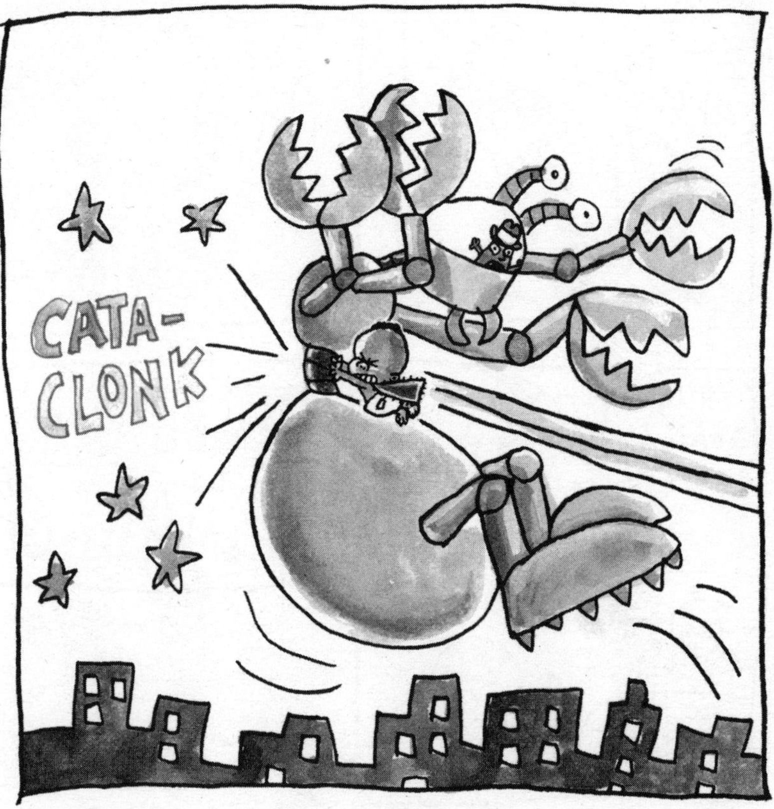
CATA-
CLONK

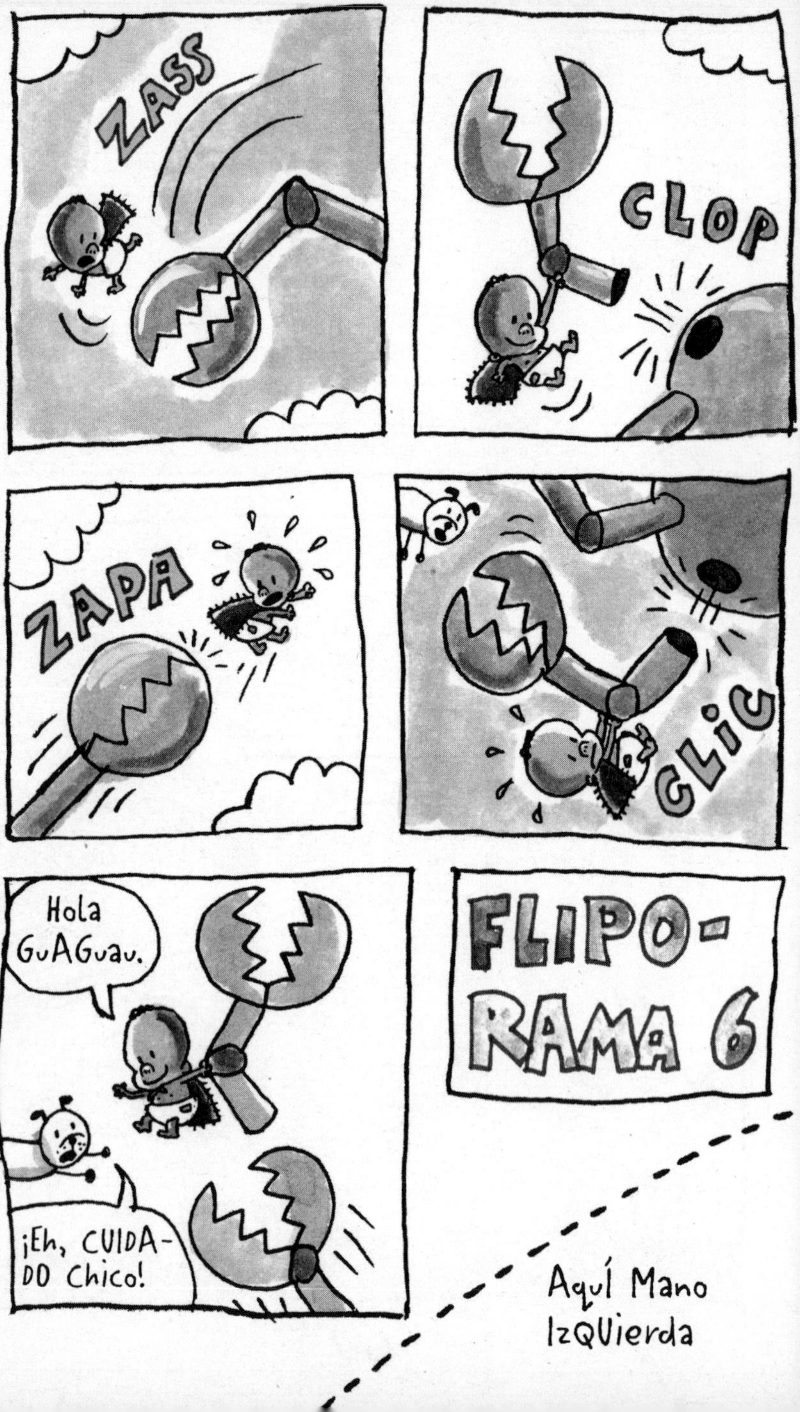
ZASS
CLOP
ZAPA
CLIC
Hola GuAGuau.
¡Eh, CUIDA-DO Chico!
FLIPO-RAMA 6
Aquí Mano IzQUierda

¿Quién Teme al
INSETO FeroZ?

Aquí
Pulgar
Derecho

¿Quién Teme al
INSETO feroZ?

FLIPORAMA 7

(Páginas 73 y 75)

No se olviden de agitar <u>solo</u> la página 73. Mientras lo Hacen, asegúrense de que bla, bla, bla. En serio, suponemos que no estan leyendo esta página de pe a pa.

Bueno, pues ya que estamos aquí, ¿qué tal un chiste? P: ¿Cuál es la diferencia entre los mócolis y los brócolis?

R: Los Niños NO comen los brócolis.

Aquí Mano IzQuierda

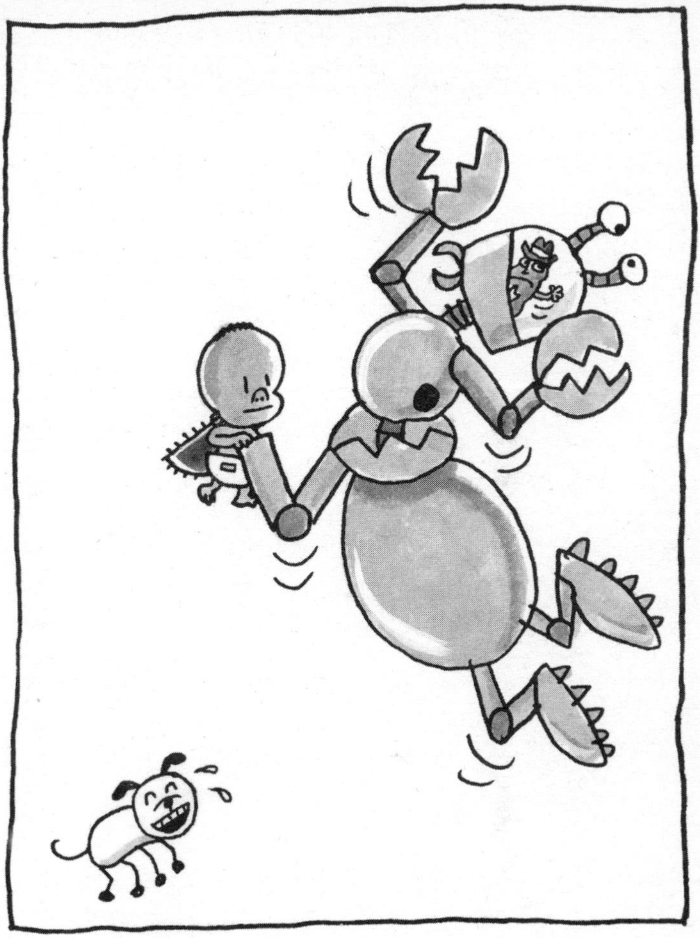

¡¡¡Baila Bamba!!!

Aquí
Pulgar
Derecho

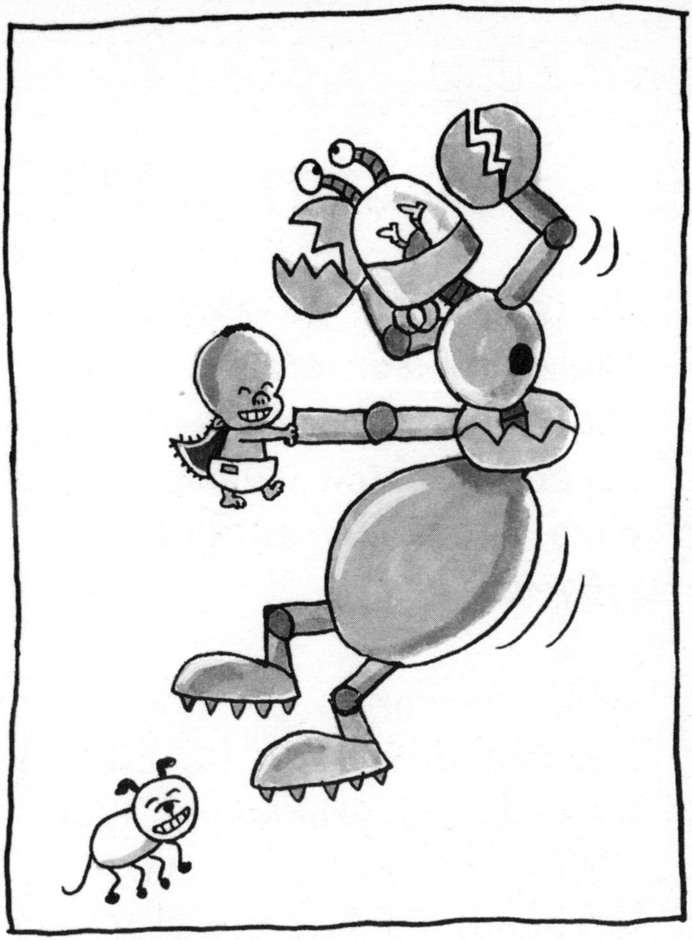

¡¡¡Baila Bamba!!!

FLIPORAMA 8

(Páginas **77** y **79**)

No se olviden de agitar <u>solo</u> la página 77. Por cierto, como nadie lee estas páginas, nos parece que son un buen sitio para insertar mensajes susliminales.

Piensen Por su cuenta. Siempre duden de las ódenes. ¡Lean libros prohibidos! ¡¡¡Los NIÑOs tienen los mismos derechos constitucionales que los mayores!!!

¡¡¡Y NO se olviden de boicotear los exámenes!!!

Aquí Mano IzQuierda

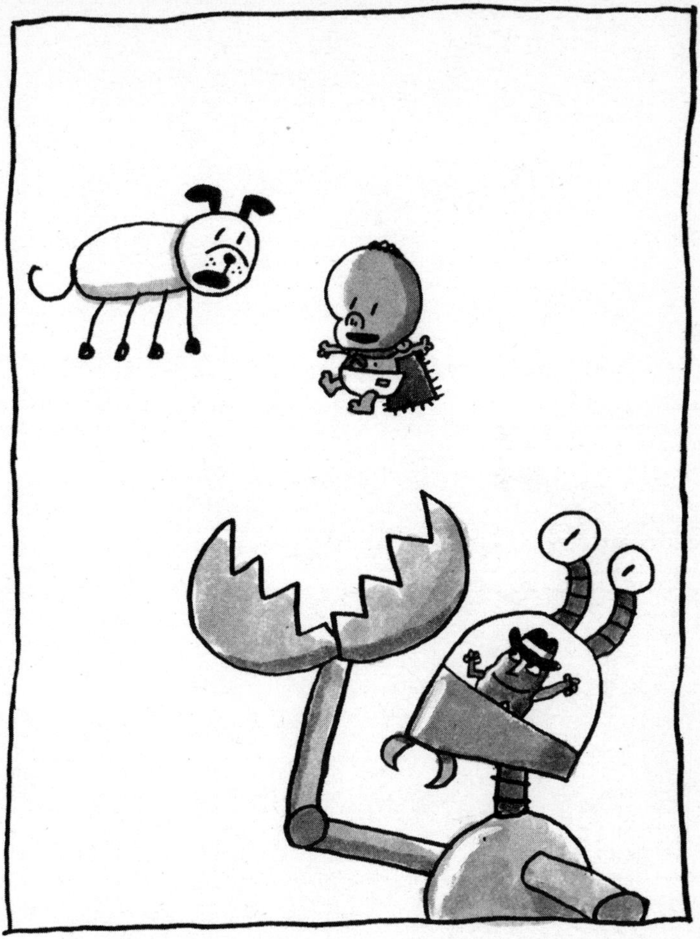

¡¡¡Ten cuidado, Rufinín!!!

Aquí
Pulgar
Derecho

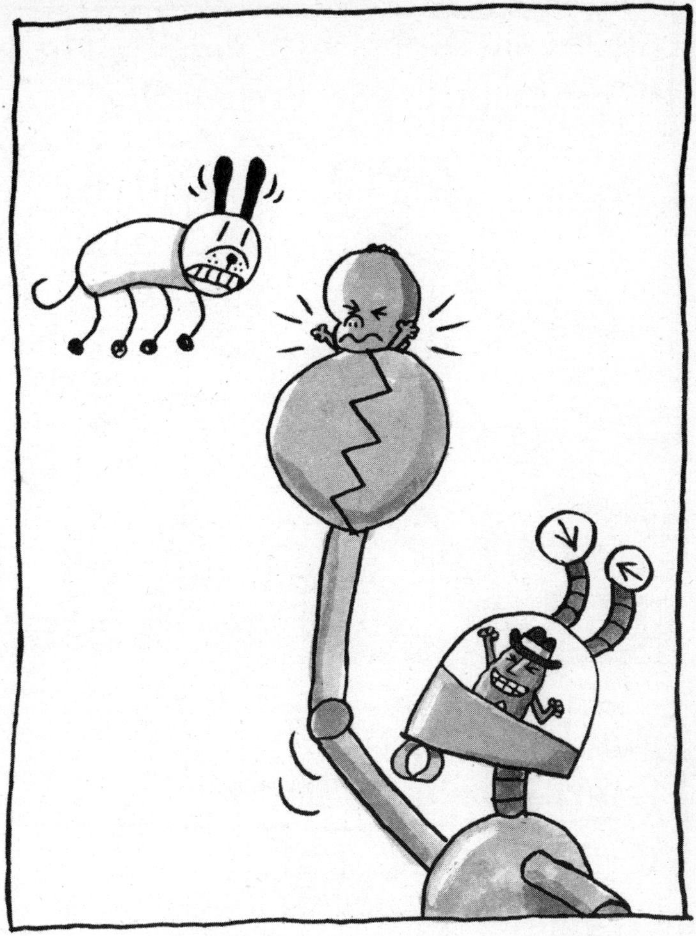

¡¡¡Ten cuidado, Rufinín!!!

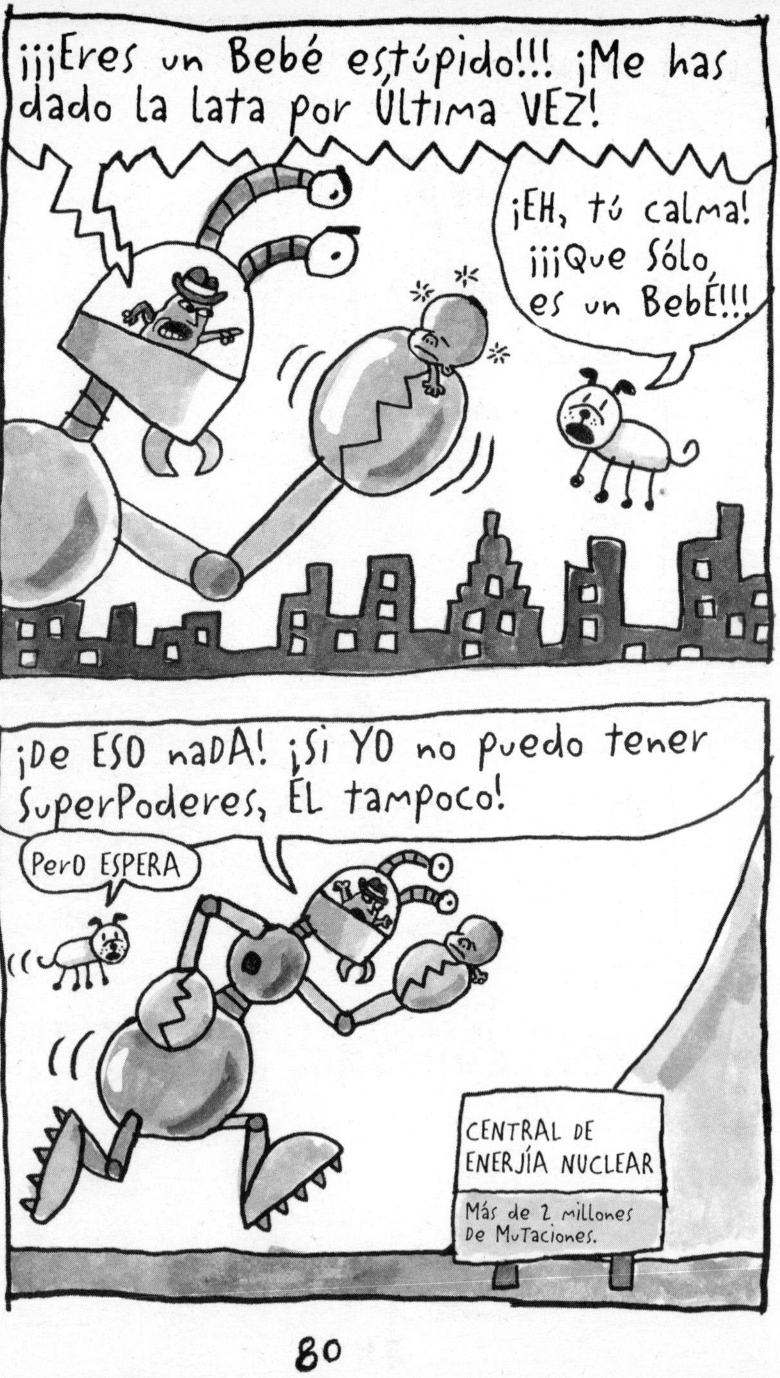
¡¡¡Eres un Bebé estúpido!!! ¡Me has dado la lata por ÚLTIMA VEZ!
¡EH, tú calma! ¡¡¡Que sólo, es un BebÉ!!!
¡De ESO naDA! ¡Si YO no puedo tener SuperPoderes, ÉL tampoco!
PerO ESPERA
CENTRAL DE ENERJÍA NUCLEAR
Más de 2 millones De Mutaciones.

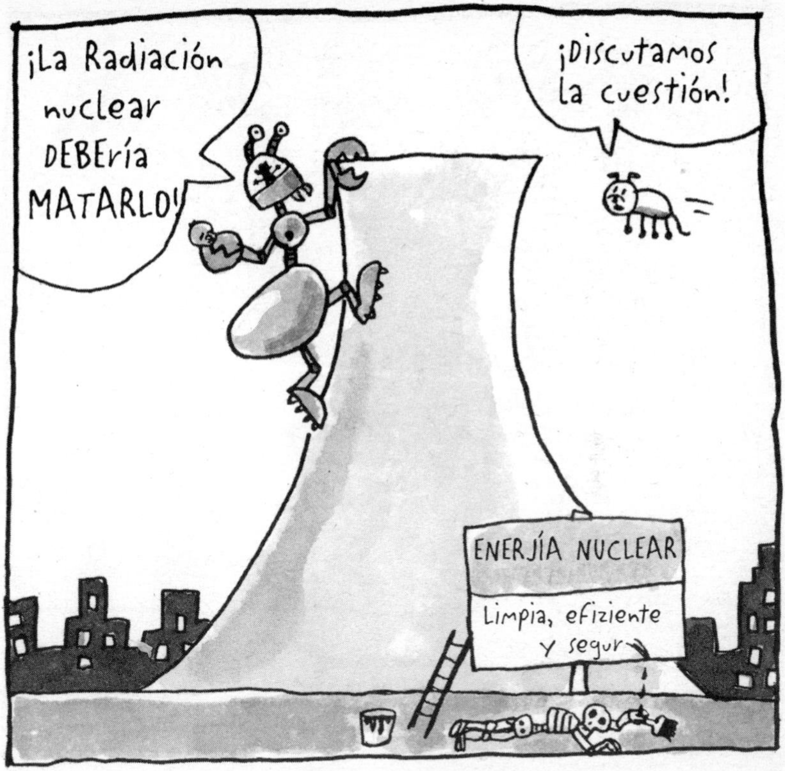
¡La Radiación nuclear DEBEría MATARLO!
¡Discutamos la cuestión!
ENERJÍA NUCLEAR
Limpia, efiziente y segur

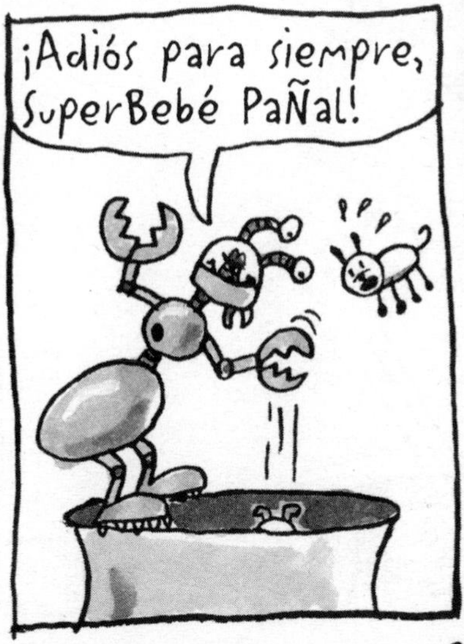
¡Adiós para siempre, SuperBebé PaÑal!

NOTA

Antes de pasar la página será bueno que Empiecen a tararear un imno heroico Emocionante (bien Fuerte).

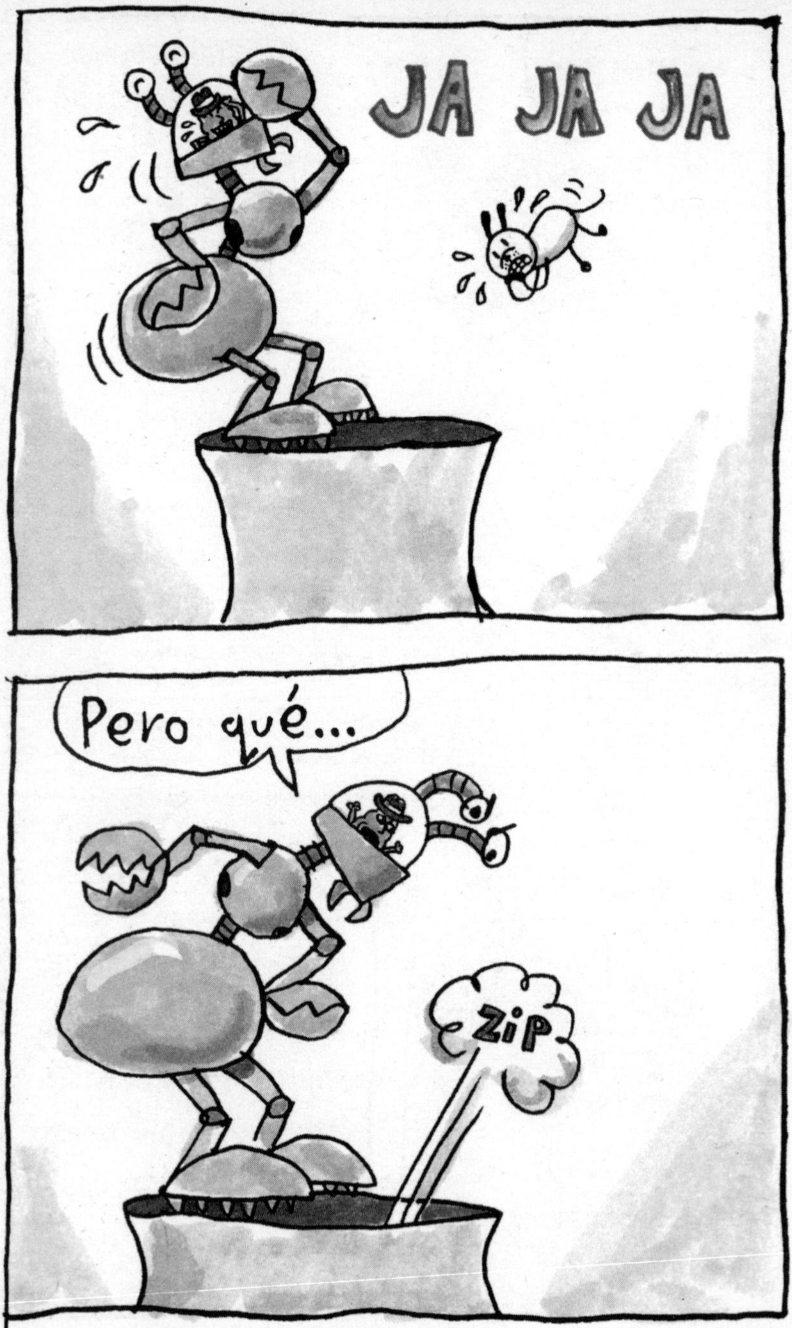
JA JA JA
Pero qué...
ZIP

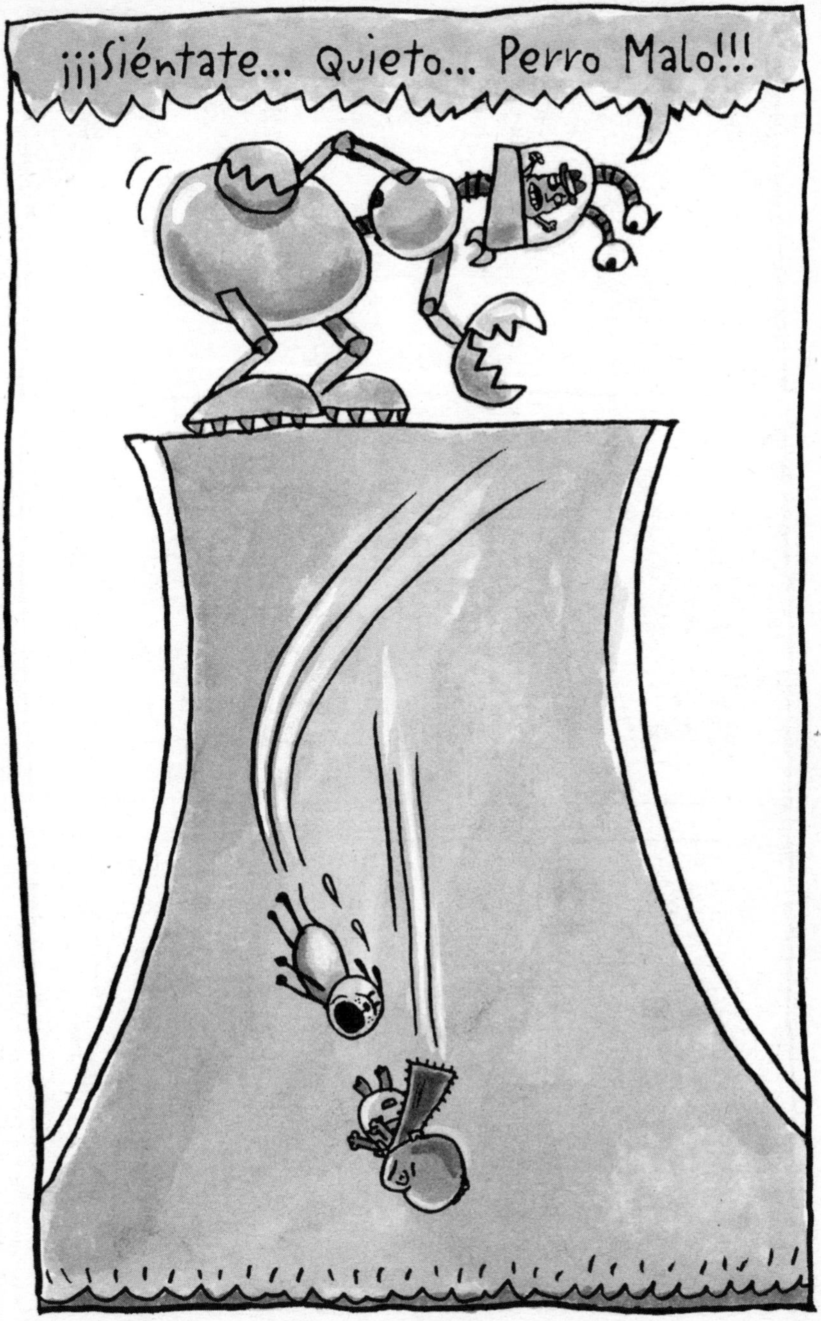
¡¡¡Siéntate... Quieto... Perro Malo!!!

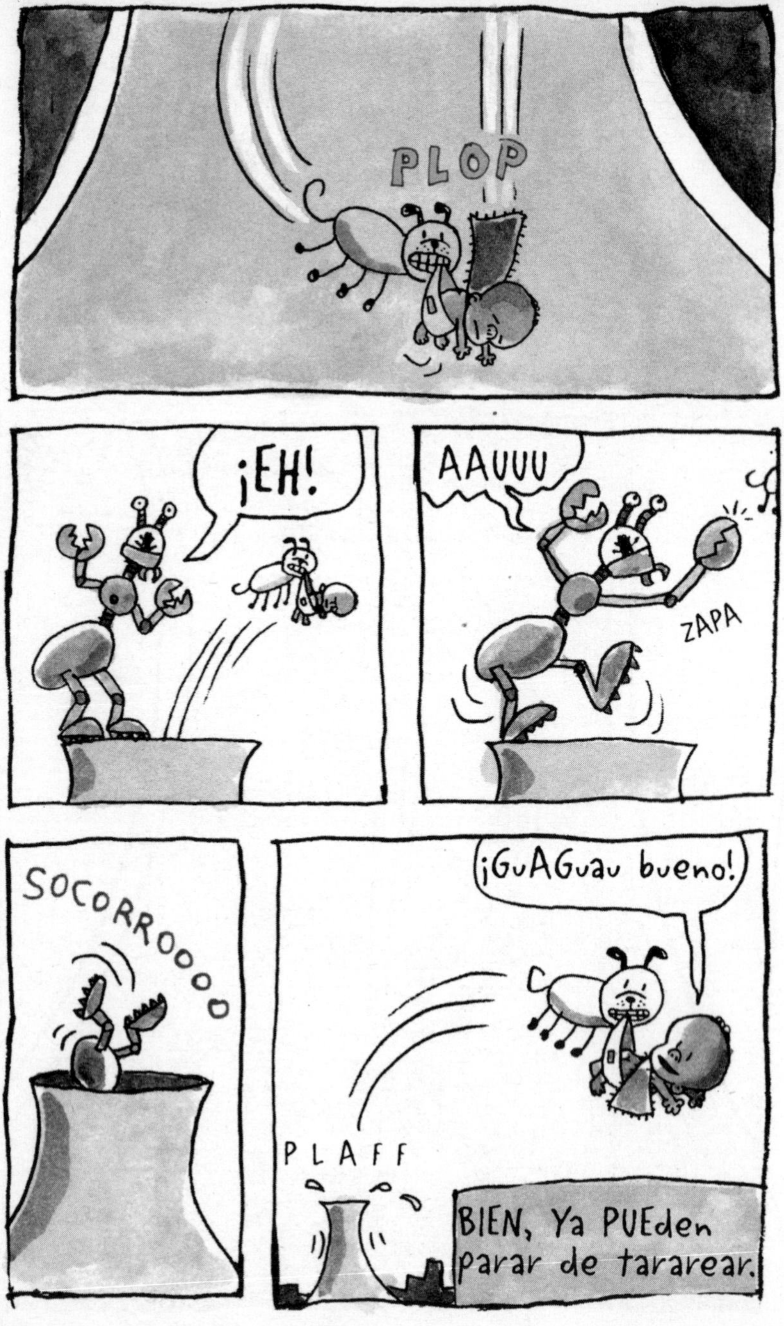
PLOP
¡EH!
AAUUU
ZAPA
SOCORROOOOO
¡GuAGuau bueno!
PLAFF
BIEN, Ya PUEden parar de tararear.

EL SUPERBEBÉ PAÑAL

CAPÍTULO 4
"Viva El Perrete Pañalete"

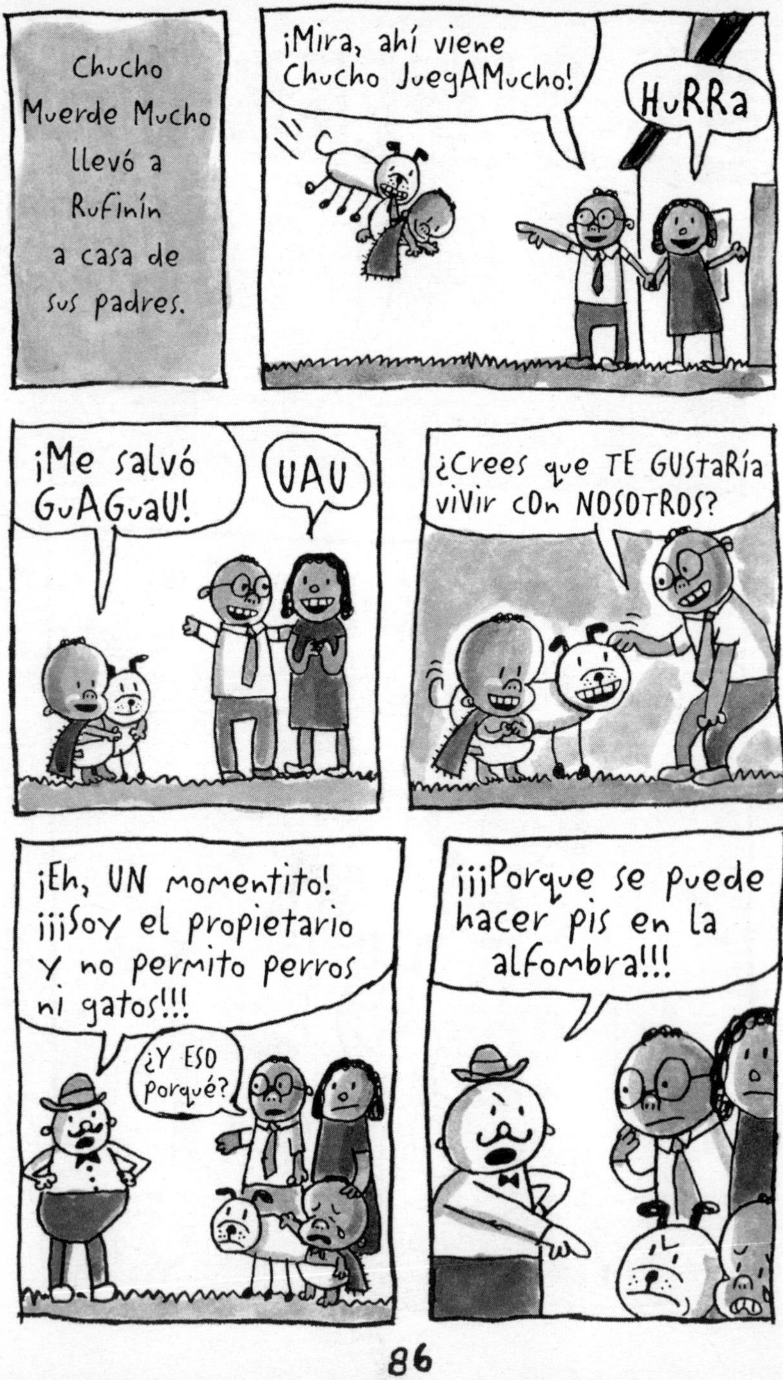
Chucho Muerde Mucho llevó a Rufinín a casa de sus padres.
¡Mira, ahí viene Chucho JuegAMucho!
HuRRa
¡Me salvó GuAGuaU!
UAU
¿Crees que TE GUStaRía vivir cOn NOSOTROS?
¡Eh, UN momentito! ¡¡¡Soy el propietario y no permito perros ni gatos!!!
¿Y ESO porqué?
¡¡¡Porque se puede hacer pis en la alfombra!!!

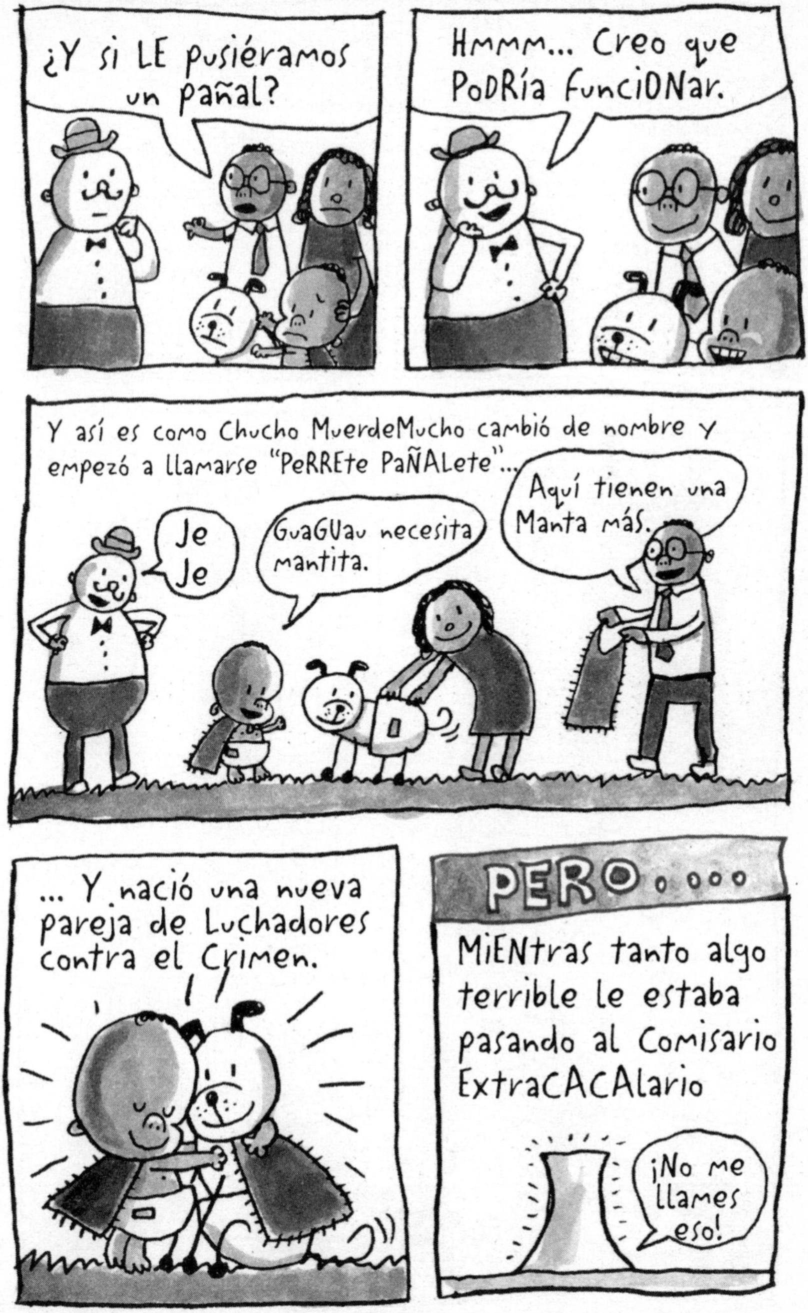
¿Y si LE pusiéramos un pañal?
Hmmm... Creo que PoDRía funciONar.
Y así es como Chucho MuerdeMucho cambió de nombre y empezó a llamarse "PeRREte PaÑALete"...
Je Je
GuaGUau necesita mantita.
Aquí tienen una Manta más.
... Y nació una nueva pareja de Luchadores contra el Crimen.
PERO....
MiENtras tanto algo terrible le estaba pasando al Comisario ExtraCACAlario
¡No me llames eso!

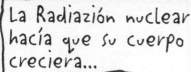
La Radiazión nuclear hacía que su cuerpo creciera...

y creciera...

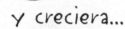
y creciera...

hasta que De pronto...

Te Voy AaTRapar, SuperBEBé Pañal... ¡y también A tu Querido PERRETE!

¡La verdad es que he visto a gente pisar caca algunas veces, pero nunca había visto caca pisando gente!

Pues sí, ¡qué rara es la vida!

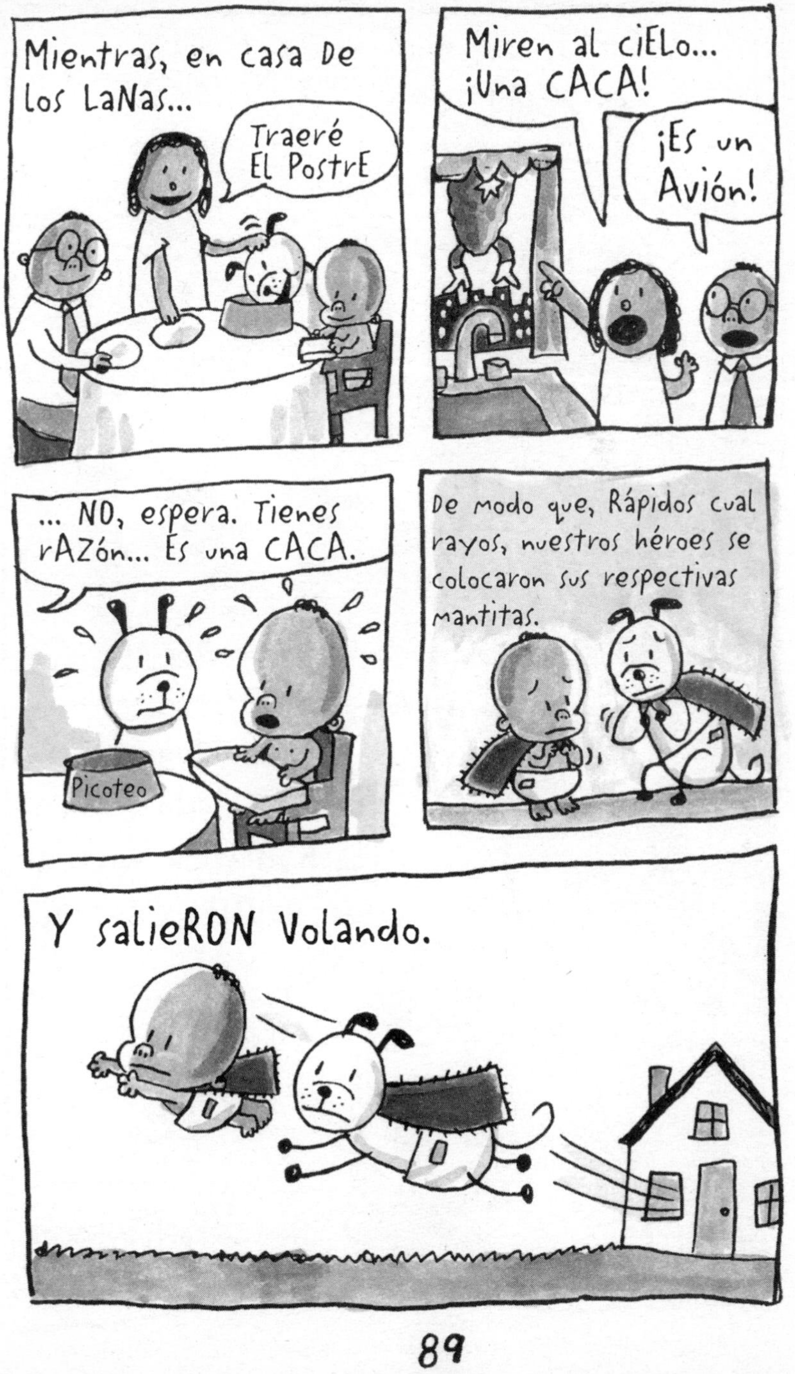
Mientras, en casa De los LaNas...
Traeré EL PostrE
Miren al ciELo... ¡Una CACA!
¡Es un Avión!
... NO, espera. Tienes rAZón... Es una CACA.
Picoteo
De modo que, Rápidos cual rayos, nuestros héroes se colocaron sus respectivas mantitas.
Y salieRON Volando.

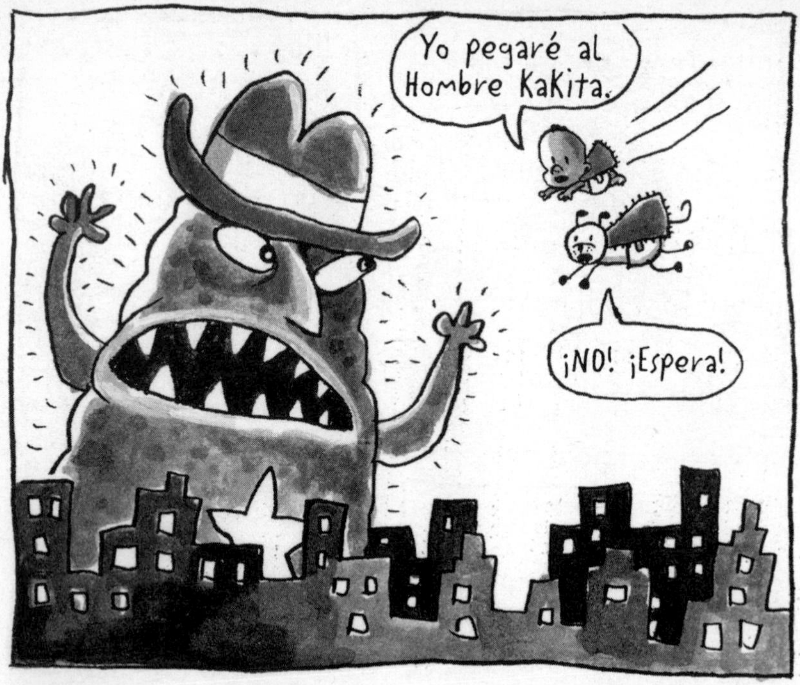
Yo pegaré al Hombre KaKita.
¡NO! ¡Espera!

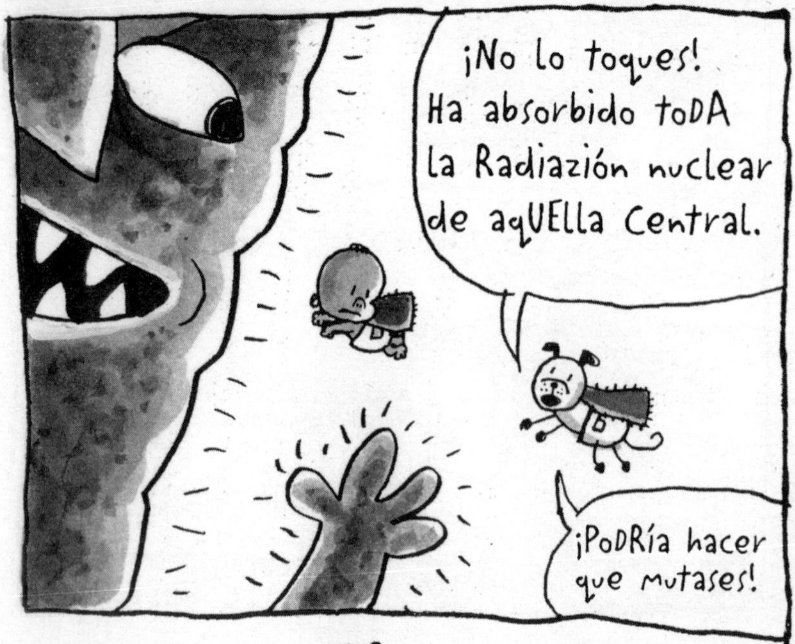
¡No lo toques! Ha absorbido toDA la Radiazión nuclear de aqUEllа Central.
¡PoDRía hacer que mutases!

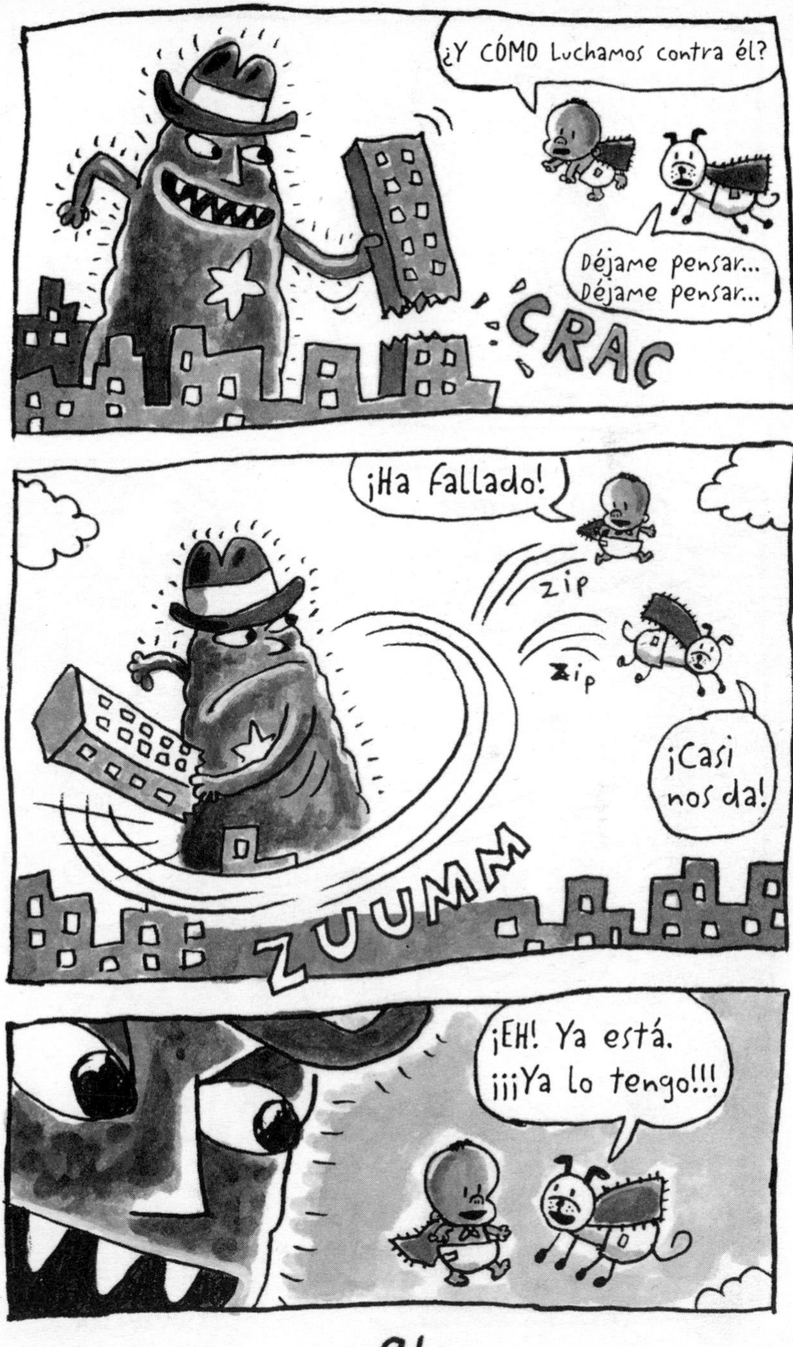
¿Y CÓMO luchamos contra él?
Déjame pensar... Déjame pensar...
CRAC
¡Ha fallado!
zip
zip
¡Casi nos da!
ZUUMM
¡EH! Ya está. ¡¡¡Ya lo tengo!!!

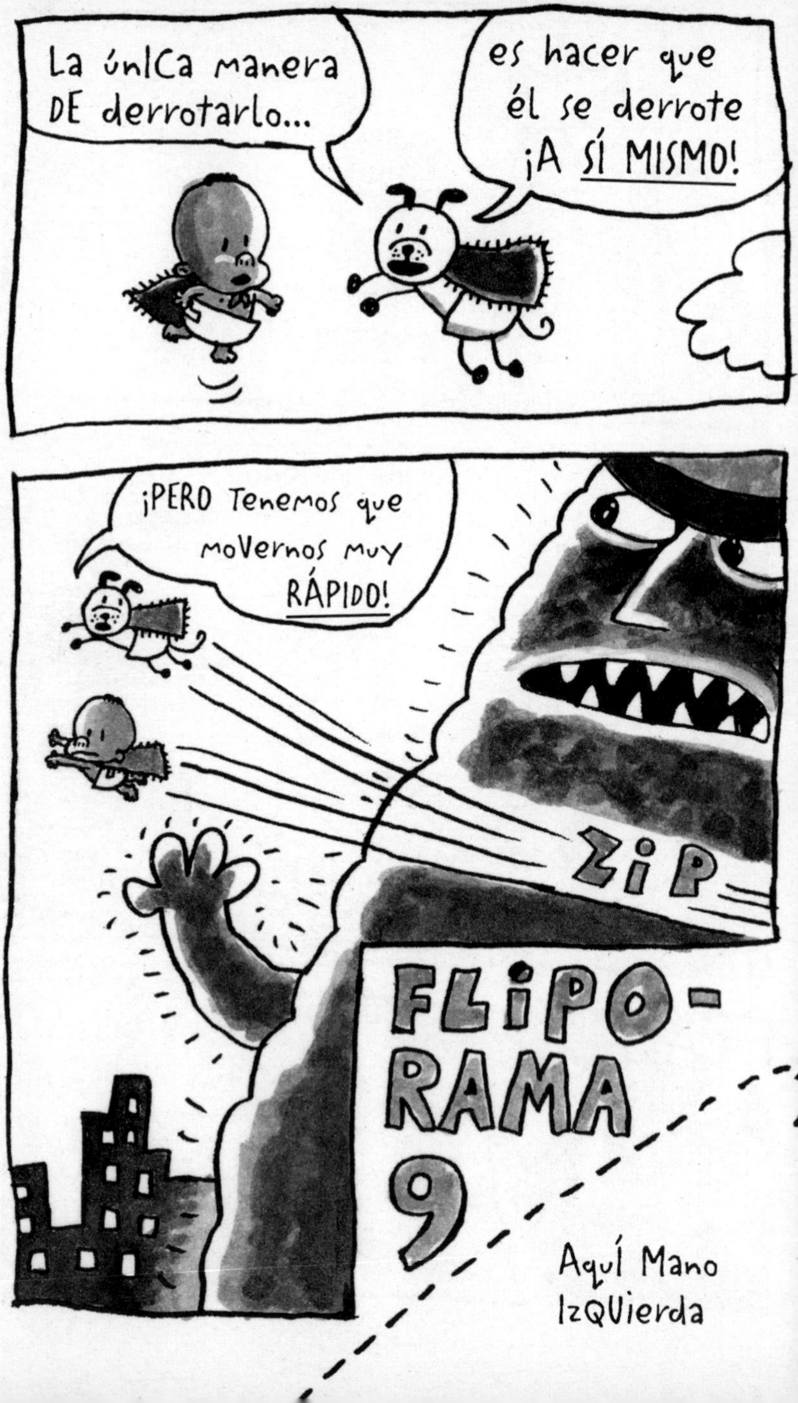
La únICa manera DE derrotarlo...
es hacer que él se derrote ¡A SÍ MISMO!
¡PERO Tenemos que movernos muy RÁPIDO!
ZiP
FLIPO-RAMA 9
Aquí Mano IzQUierda

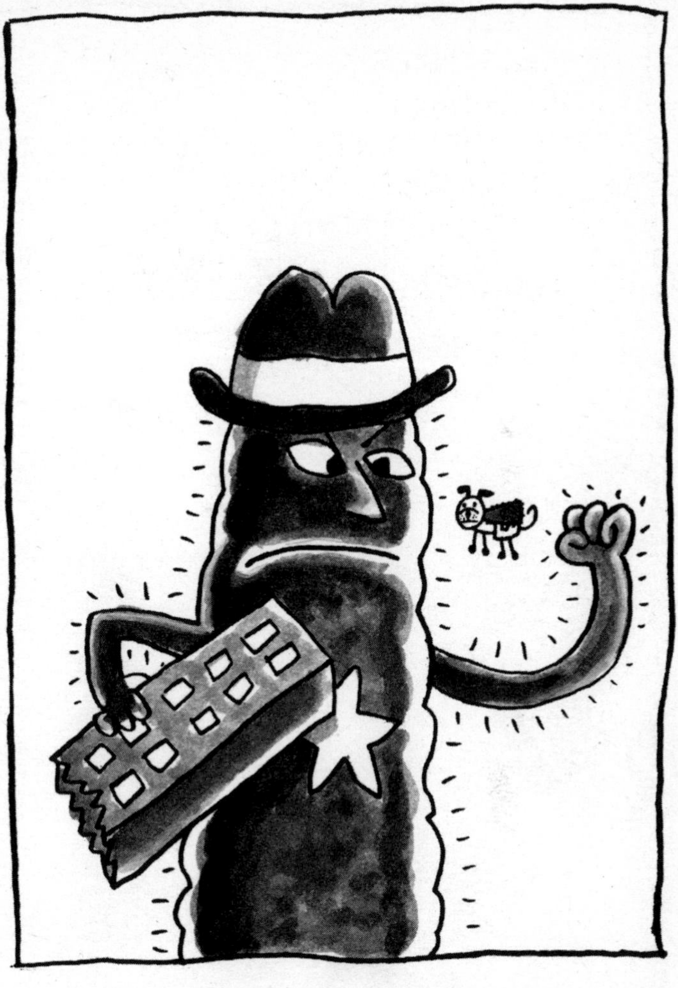

"Golpe en la CACA-ra"

Aquí
Pulgar
Derecho

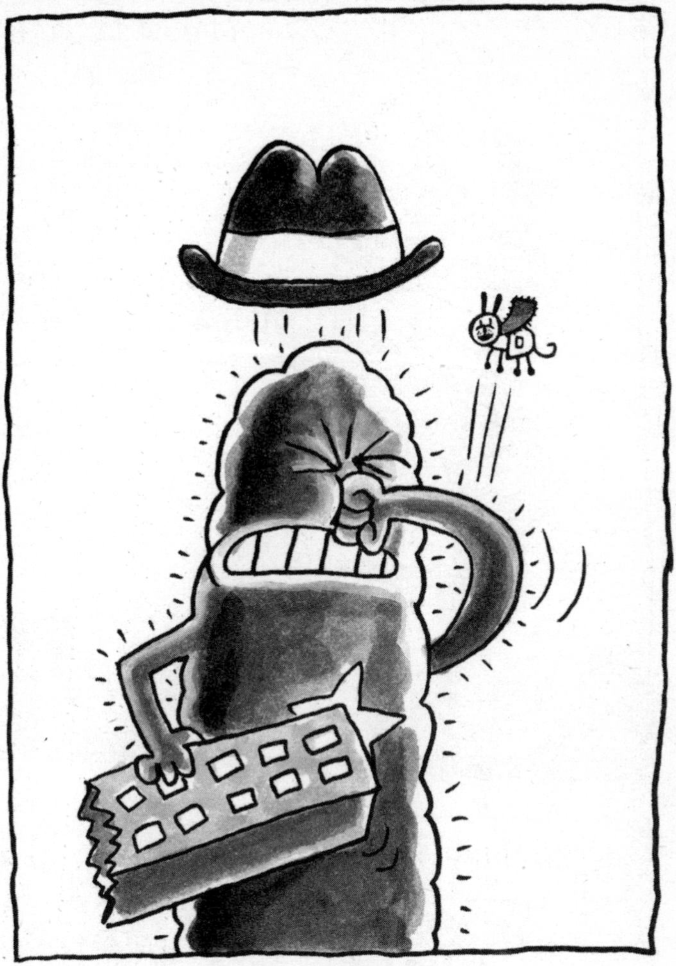

"Golpe en la CACA-ra"

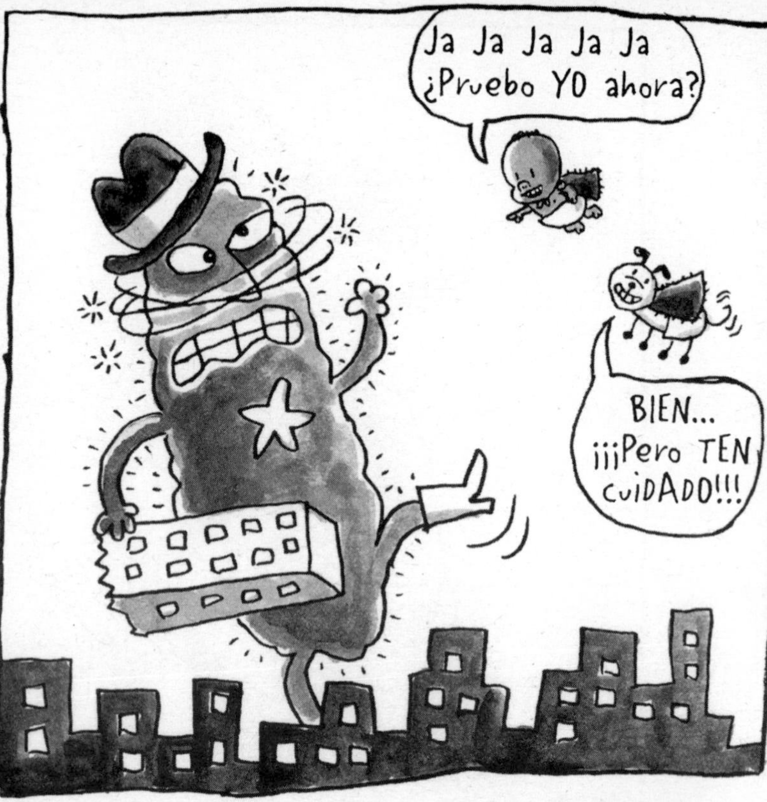
Ja Ja Ja Ja Ja
¿Pruebo YO ahora?
BIEN... ¡¡¡Pero TEN cuiDADO!!!

FLIPO-RAMA 10

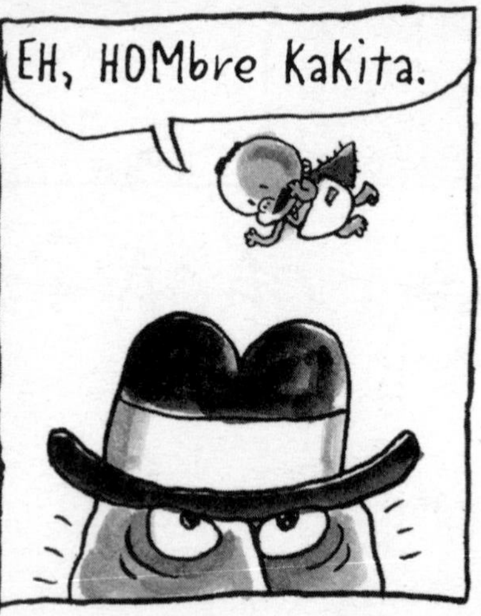
EH, HOMbre KaKita.

Aquí Mano
IzQUierda

Golpe en la CACA-beza

Aquí
Pulgar
Derecho

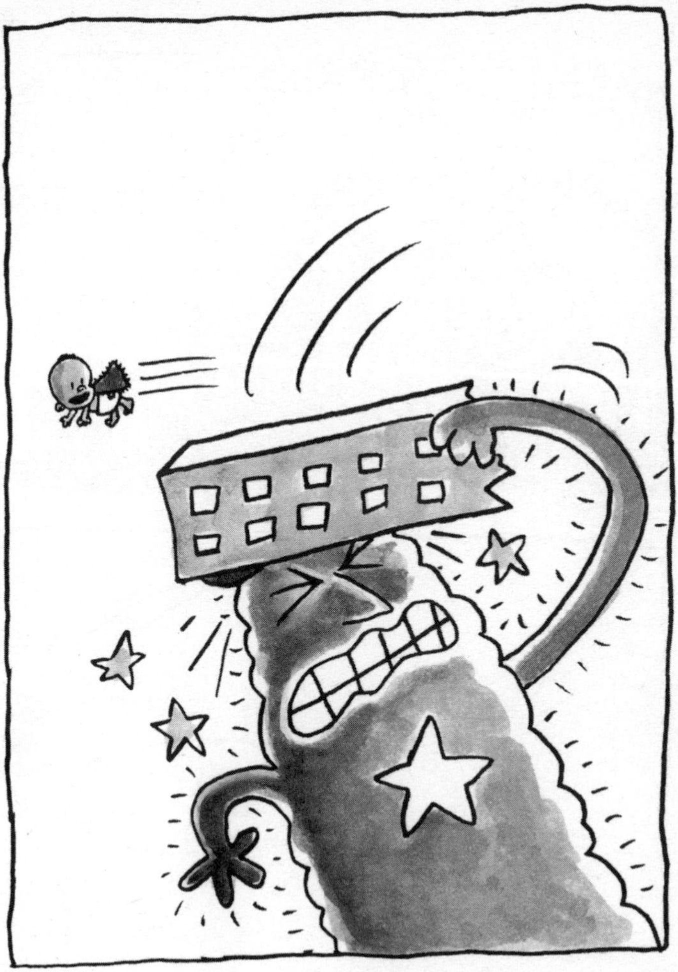

Golpe en la CACA-beza

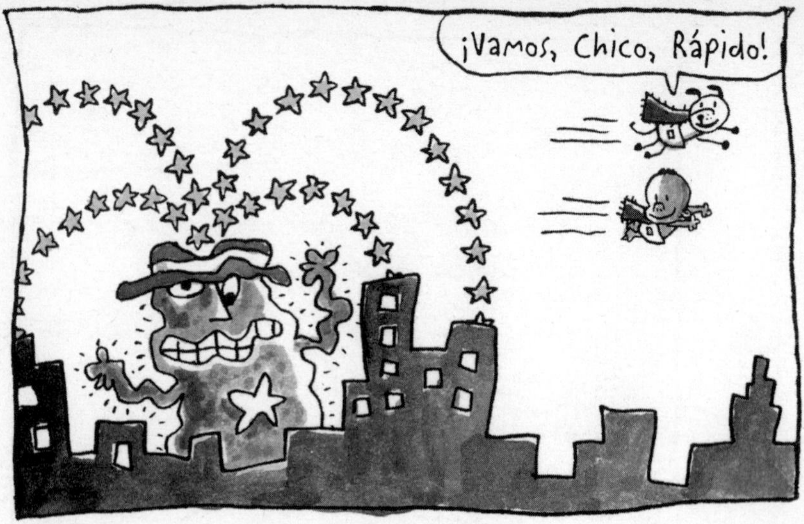
¡Vamos, Chico, Rápido!

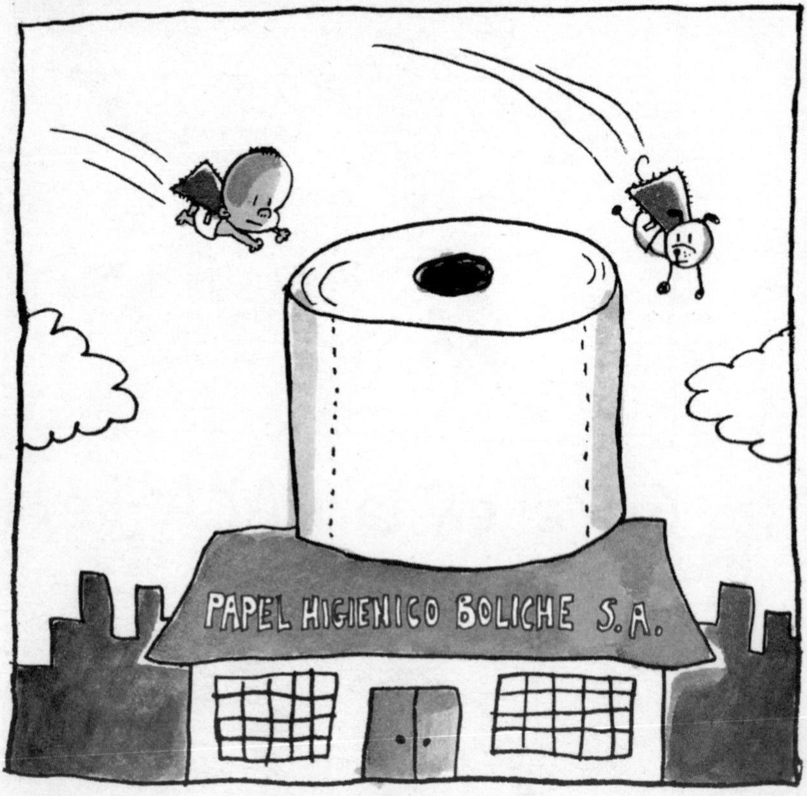
PAPEL HIGIENICO BOLICHE S.A.

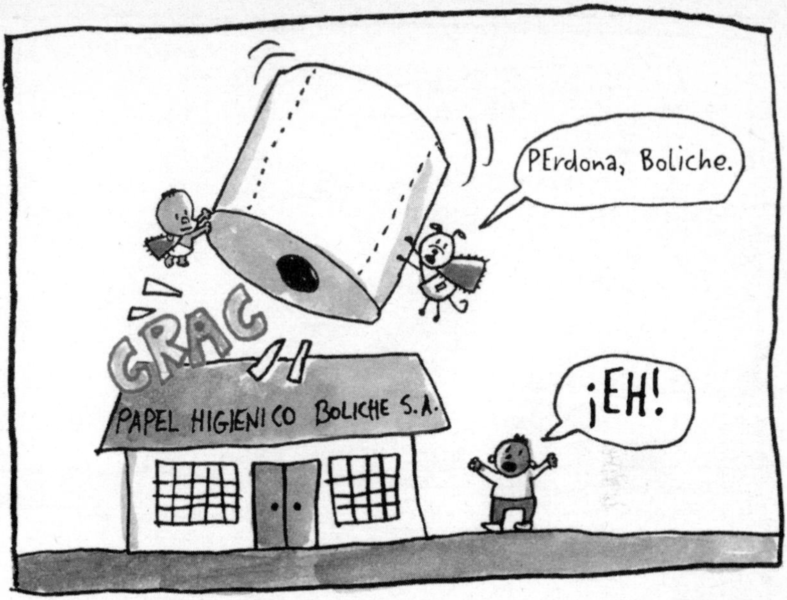
PErdona, Boliche.
CRAC
PAPEL HIGIENICO BOLICHE S.A.
¡EH!

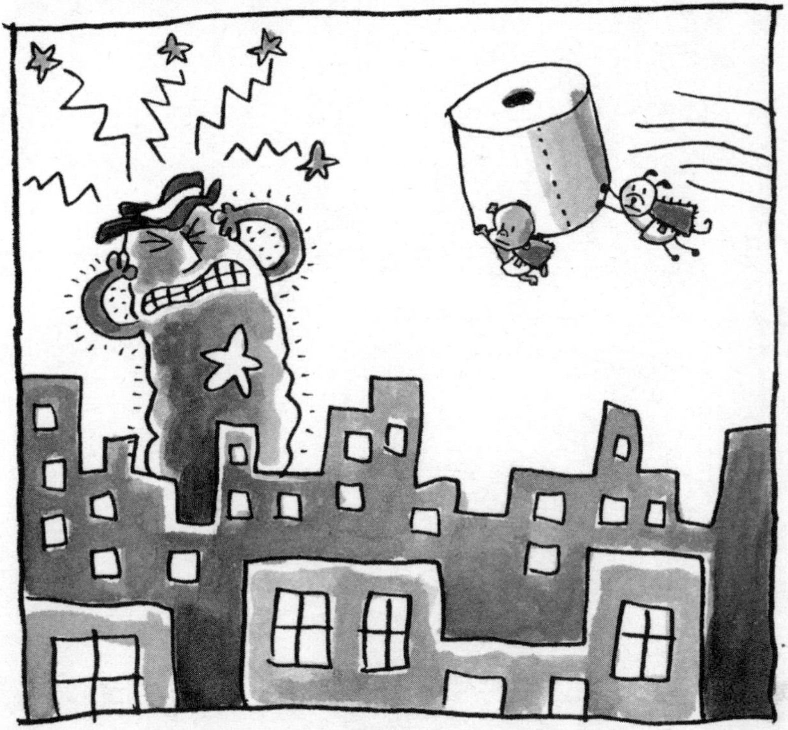

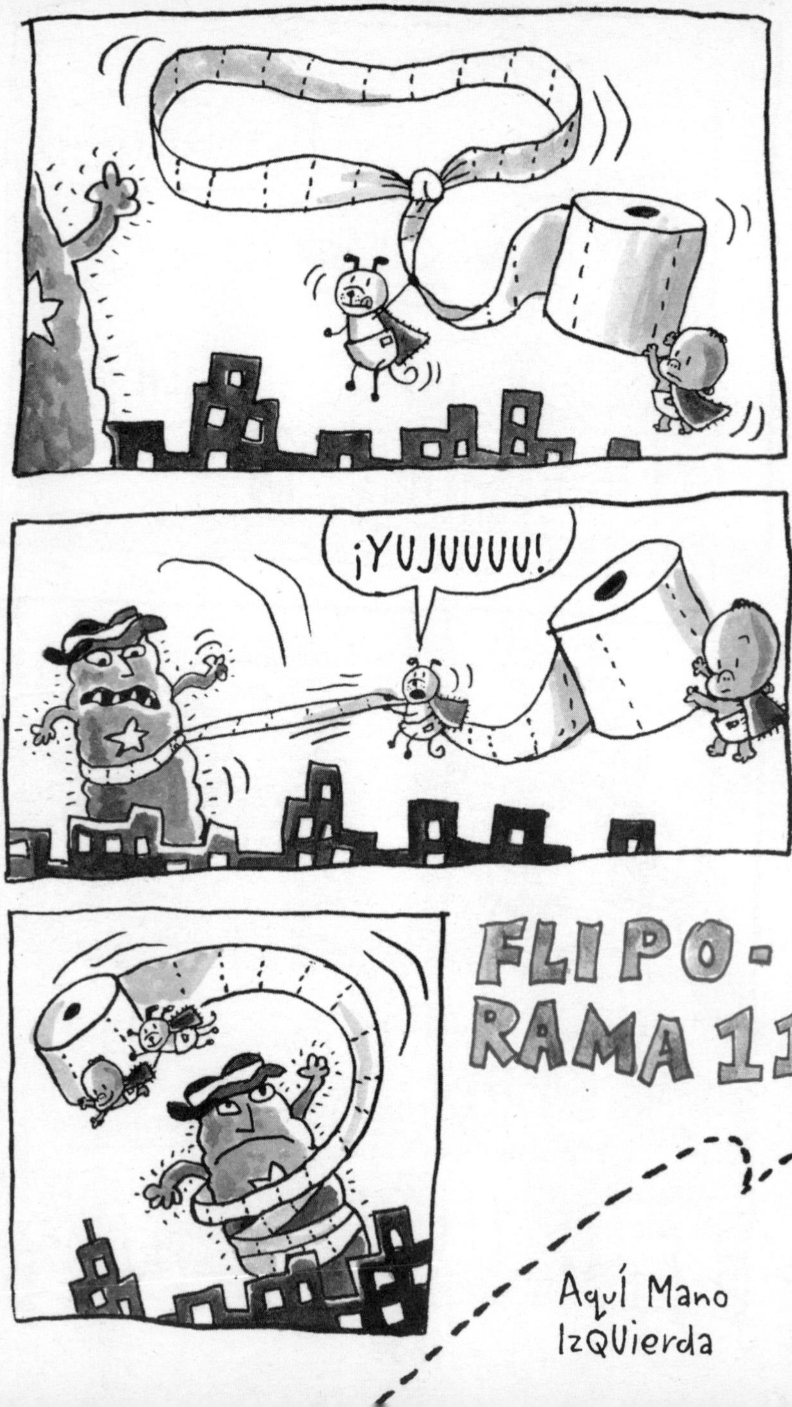
¡YUJUUUU!

FLIPO-RAMA 11

Aquí Mano Izquierda

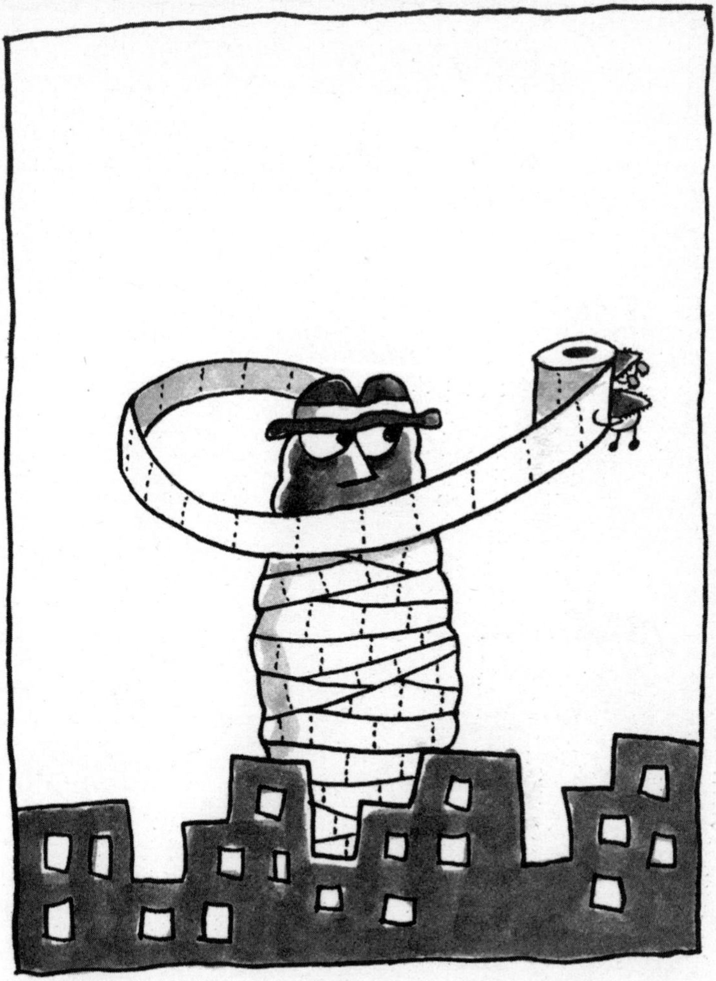

Bebé y Perro, vuelta y vuelta

Aquí Pulgar Derecho

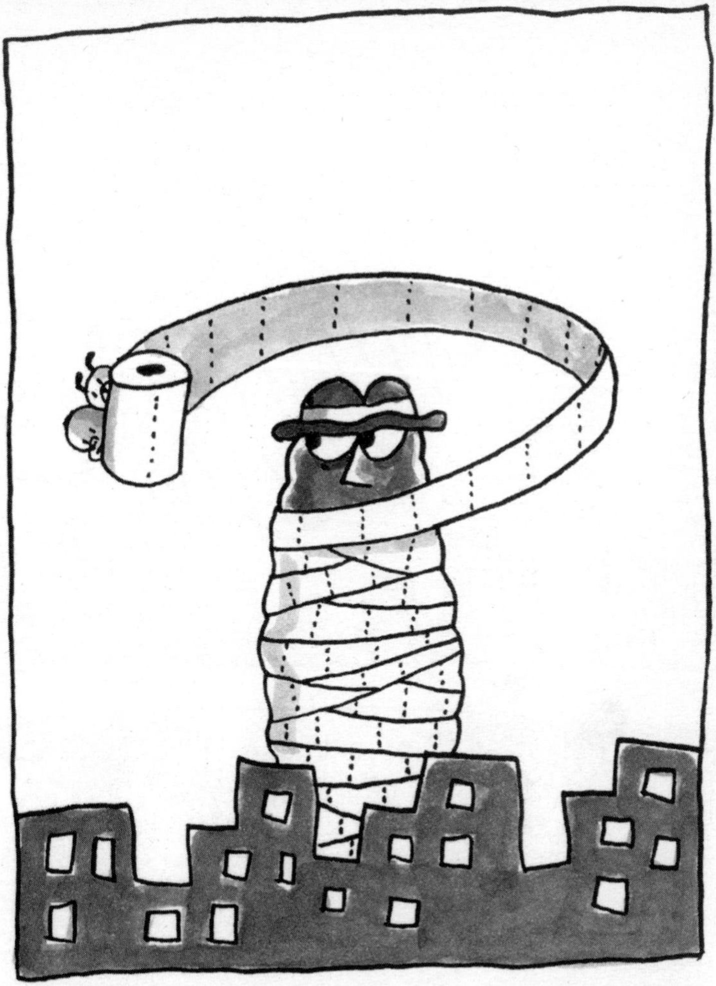

Bebé y Perro, vuelta
y vuelta

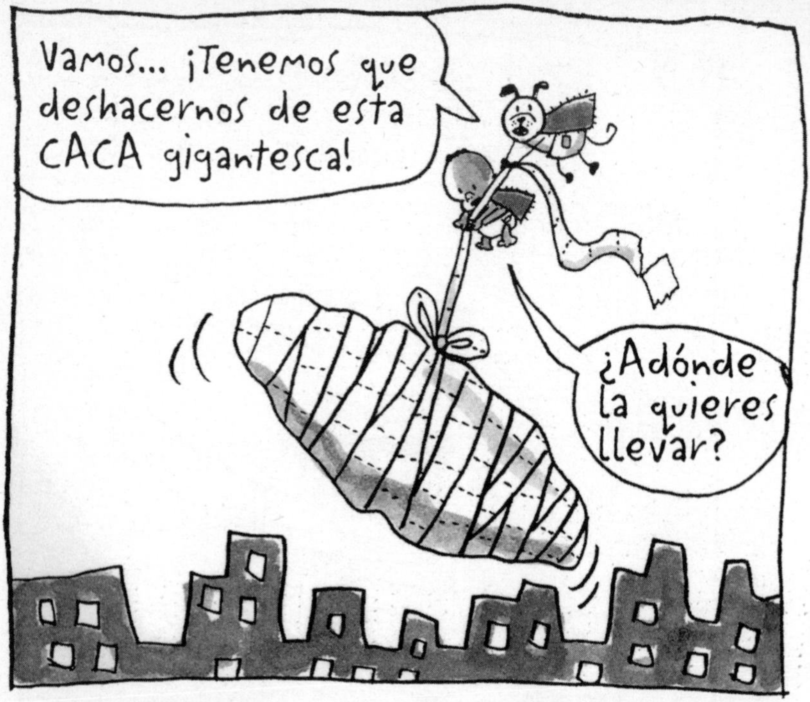
Vamos... ¡Tenemos que deshacernos de esta CACA gigantesca!
¿Adónde la quieres llevar?

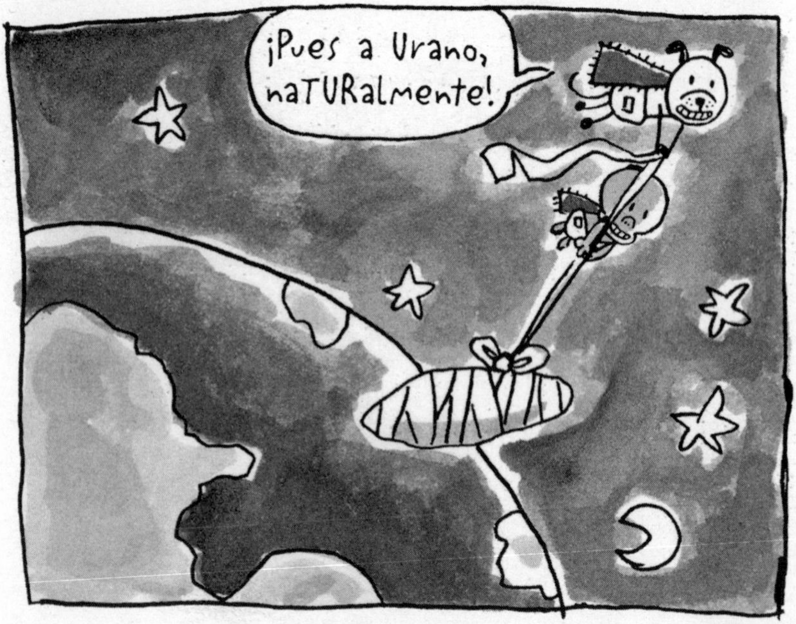
¡Pues a Urano, naTURalmente!

EL SUPERBEBÉ PAÑAL

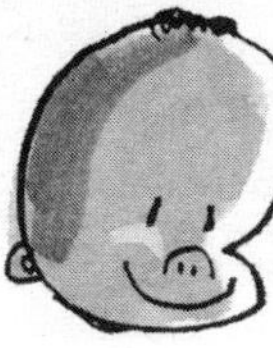

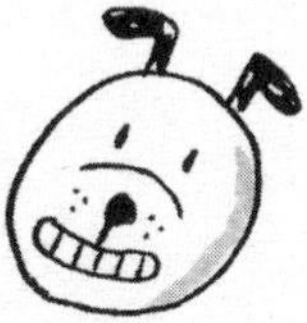

CAPÍTULO 5

"Y Vivieron Felices"

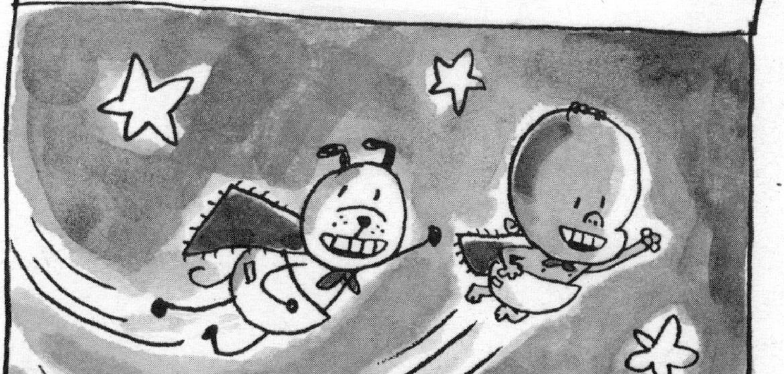

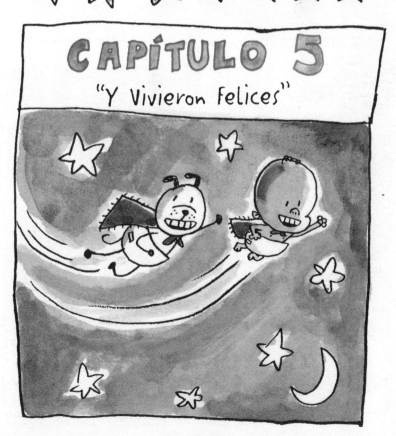

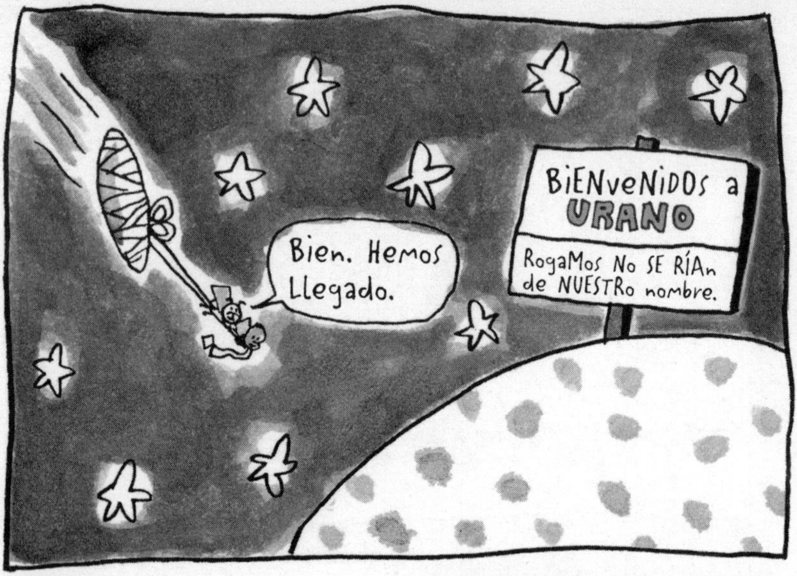
Bien. Hemos Llegado.
BIENvENIDOS a URANO
RogaMos No SE RÍAn de NUESTRo nombre.

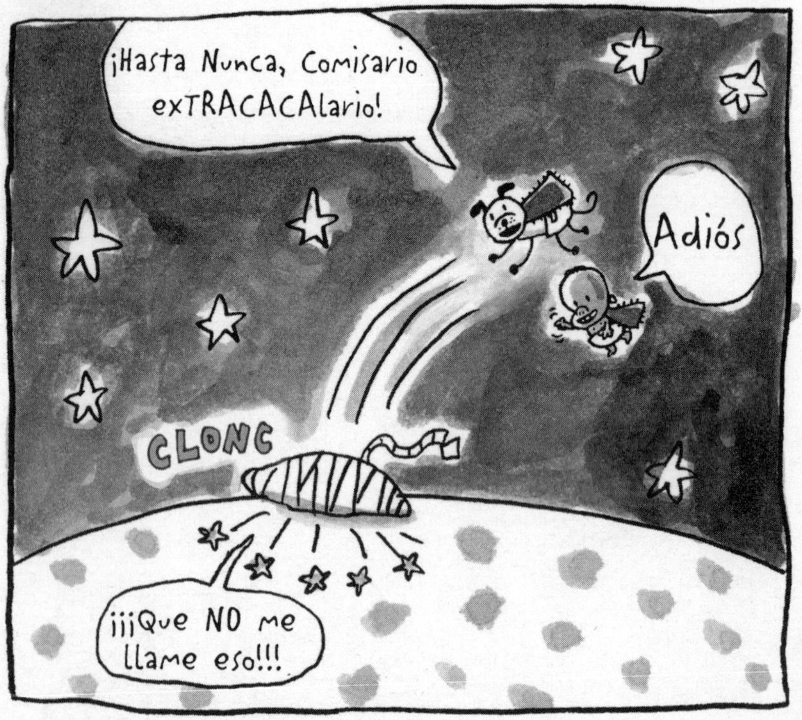
¡Hasta Nunca, Comisario exTRACACAlario!
Adiós
CLONC
¡¡¡Que NO me llame eso!!!

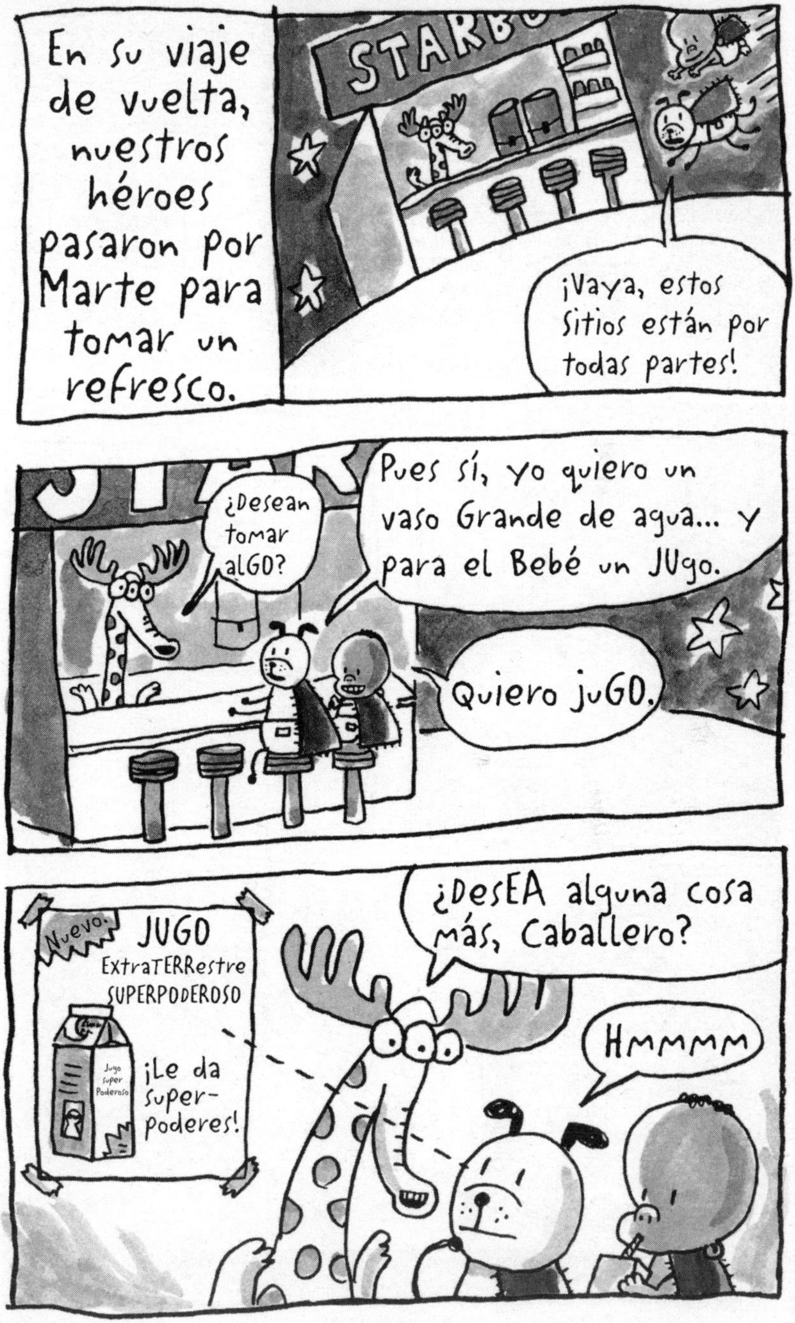
En su viaje de vuelta, nuestros héroes pasaron por Marte para tomar un refresco.
STARB
¡Vaya, estos sitios están por todas partes!
¿Desean tomar alGO?
Pues sí, yo quiero un vaso Grande de agua... y para el Bebé un JUgo.
Quiero juGO.
Nuevo.
JUGO
ExtraTERRestre
SUPERPODEROSO
Jugo super Poderoso
¡Le da super-poderes!
¿DesEA alguna cosa más, Caballero?
HMMMM

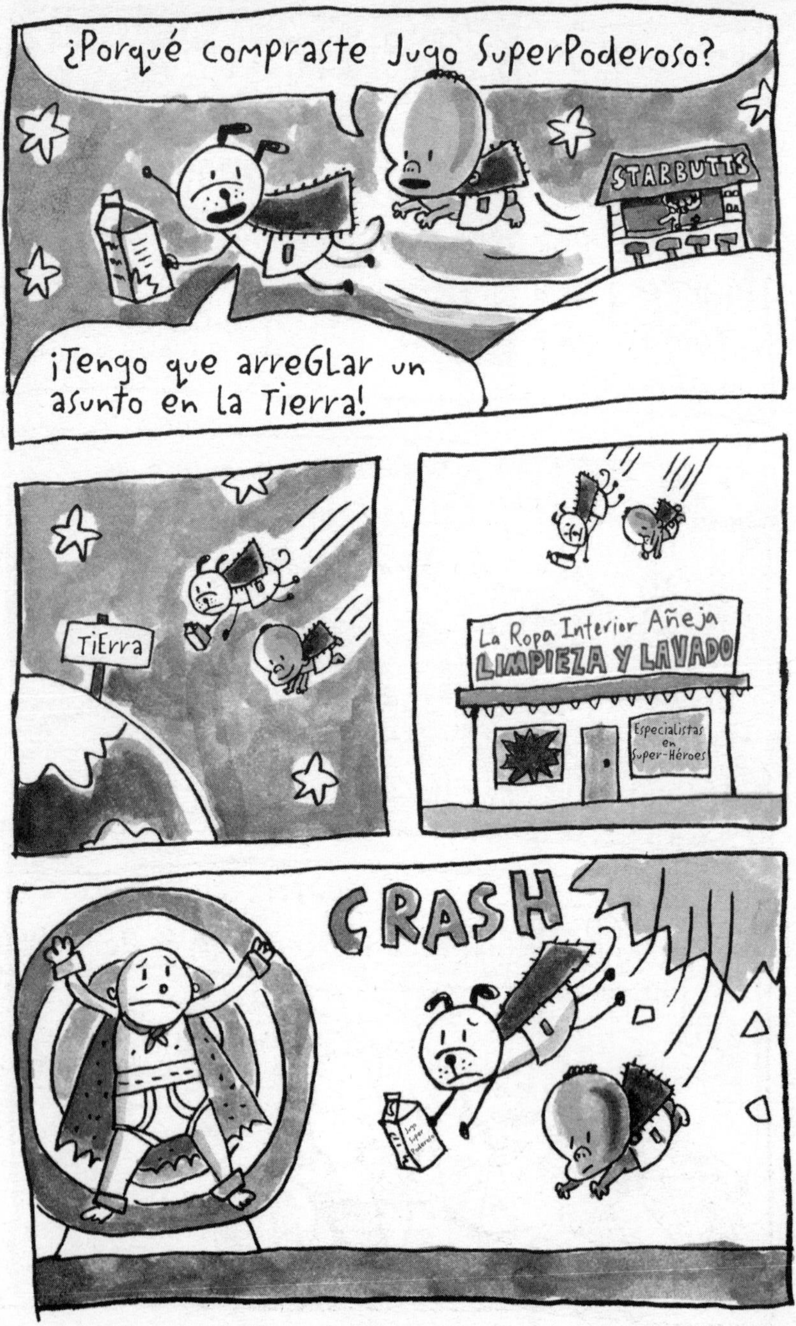
¿Porqué compraste Jugo SuperPoderoso?
STARBUTTS
¡Tengo que arreGLar un asunto en la Tierra!
TiErra
La Ropa Interior Añeja
LIMPIEZA Y LAVADO
Especialistas en Super-Héroes
CRASH
Jugo Super Poderoso

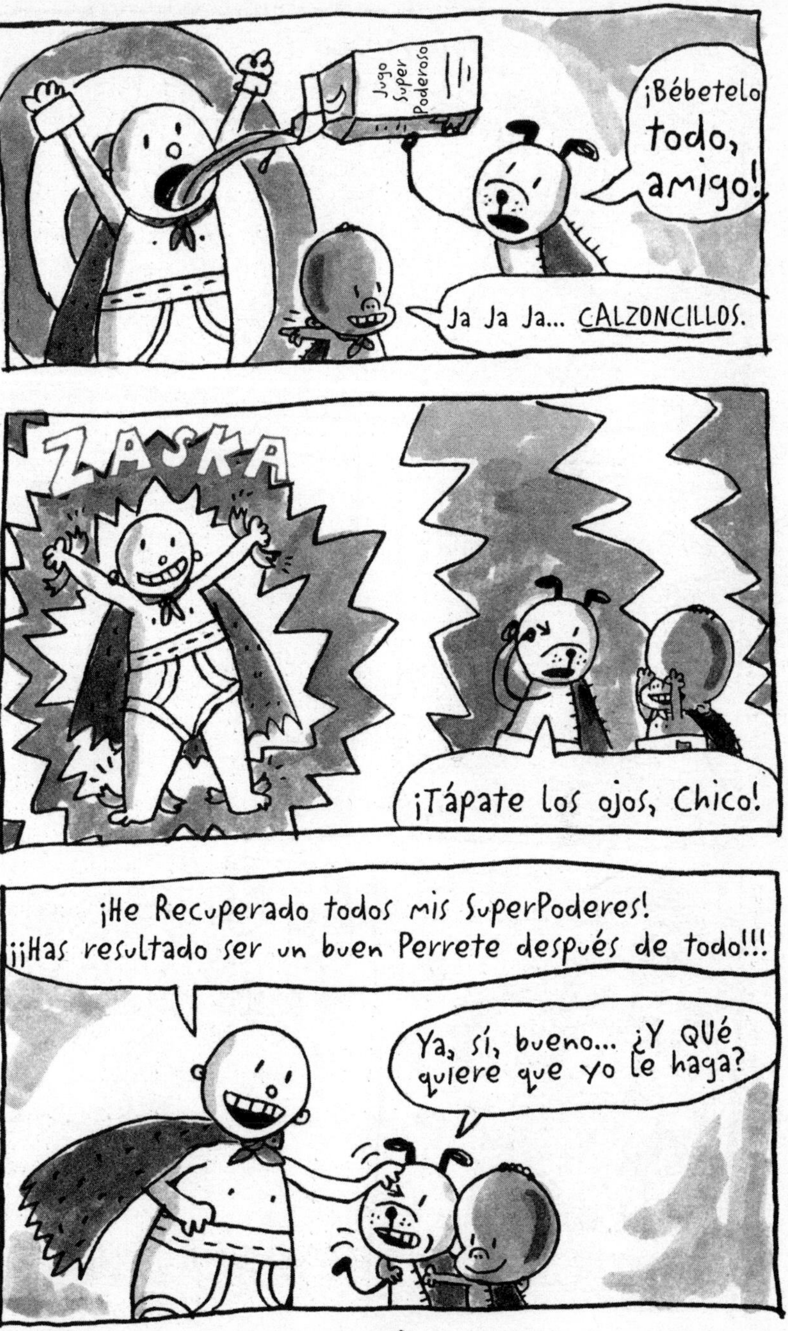
Jugo Super Poderoso
¡Bébetelo todo, amigo!
Ja Ja Ja... CALZONCILLOS.
ZASKA
¡Tápate los ojos, Chico!
¡He Recuperado todos mis SuperPoderes!
¡¡Has resultado ser un buen Perrete después de todo!!!
Ya, sí, bueno... ¿Y QUÉ quiere que yo le haga?

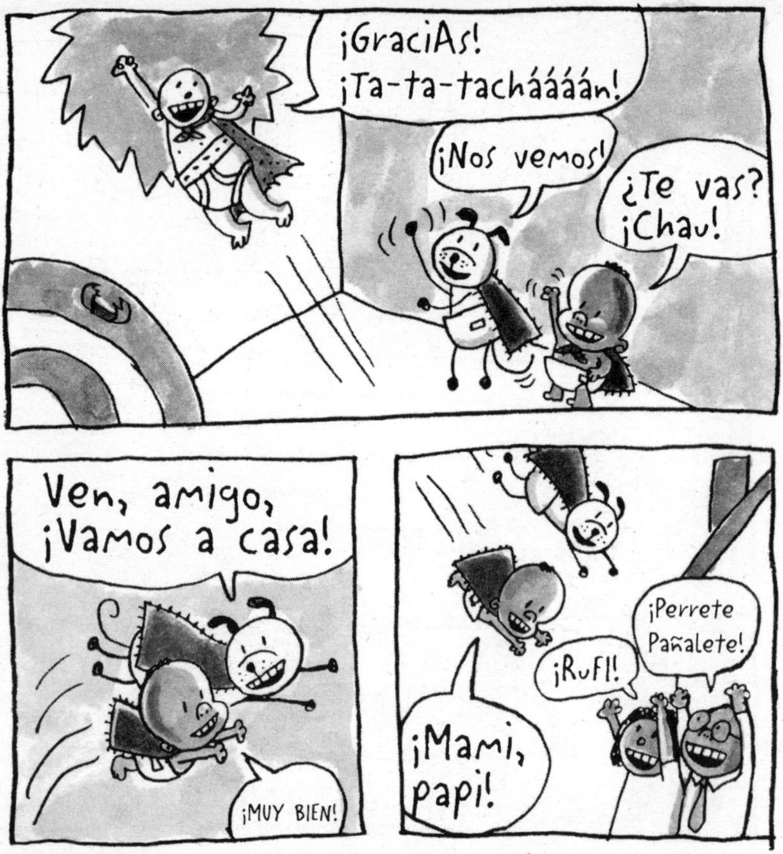
¡GraciAs!
¡Ta-ta-tacháááán!
¡Nos vemos!
¿Te vas? ¡Chau!
Ven, amigo, ¡Vamos a casa!
¡MUY BIEN!
¡Perrete Pañalete!
¡RuFI!
¡Mami, papi!

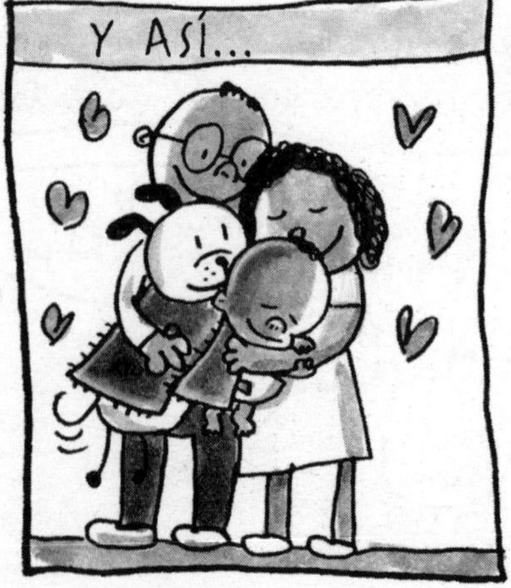
Y ASÍ...

EL ÚLTIMO FLIPORAMA

Aquí Mano Izquierda

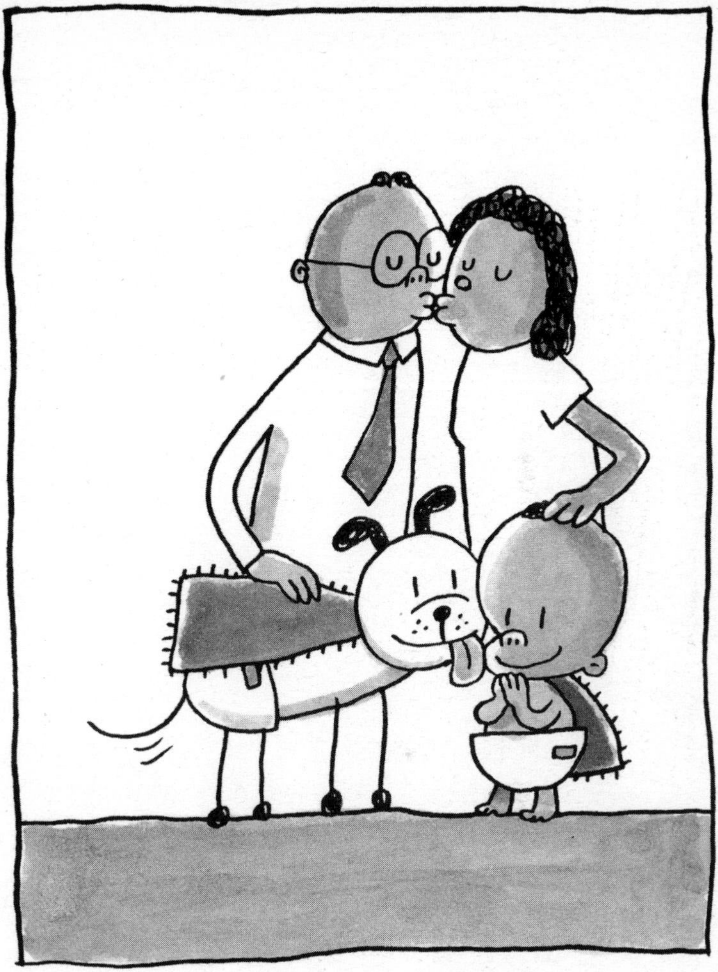

Vivieron felices
y comieron perdises

Aquí
Pulgar
Derecho

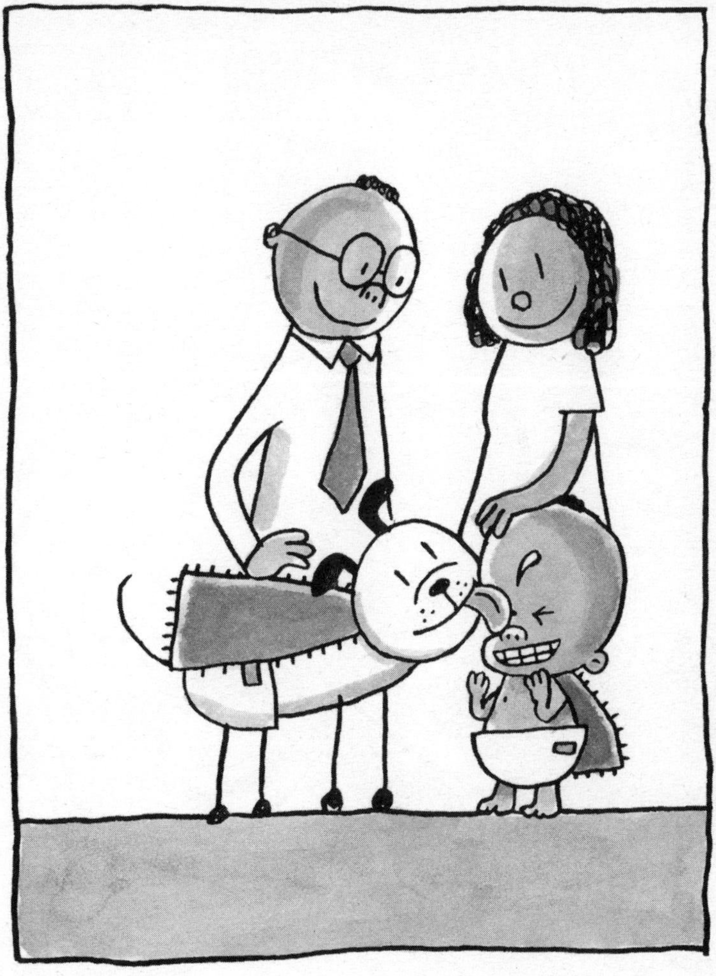

Vivieron felices
y comieron perdises

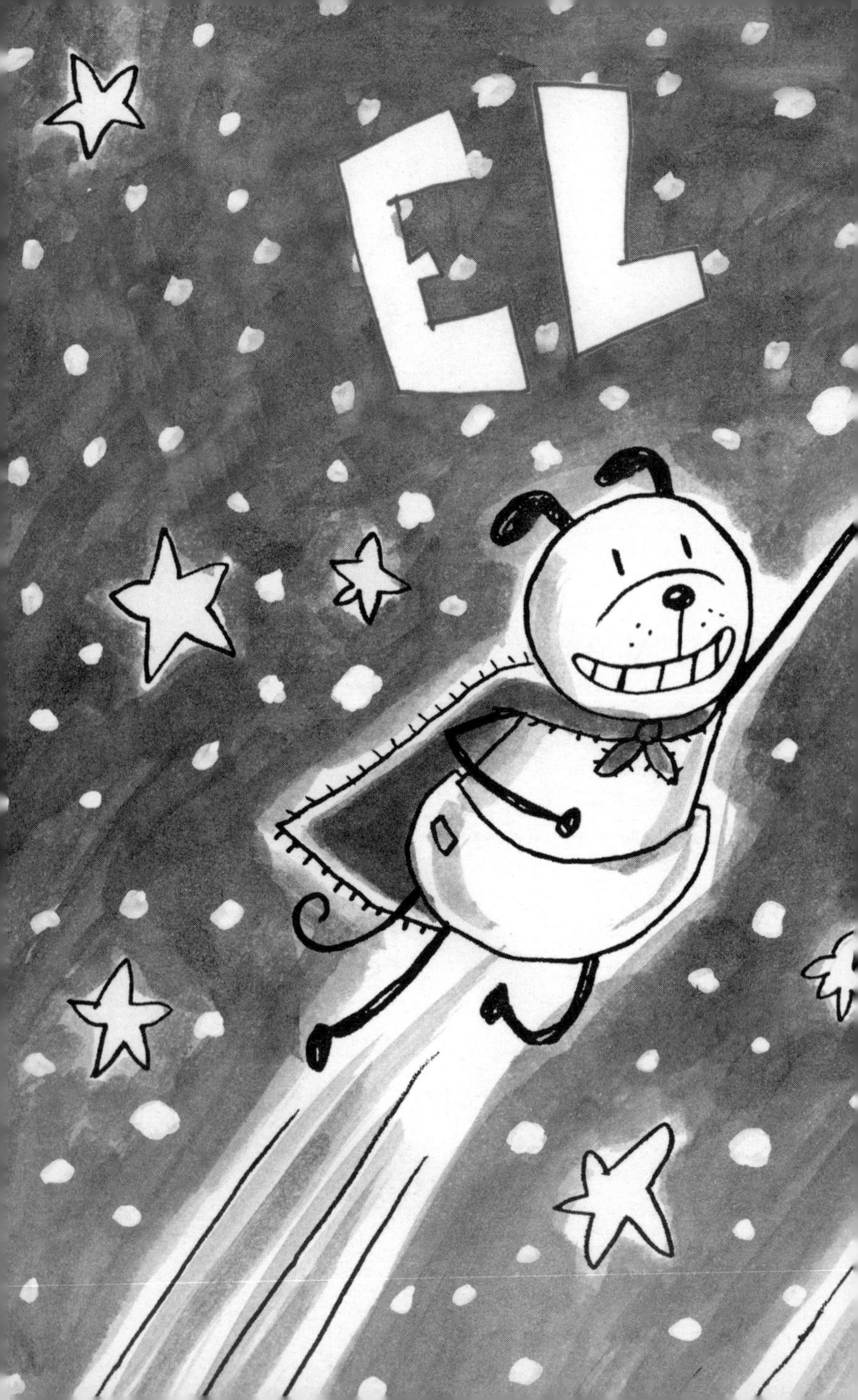
EL

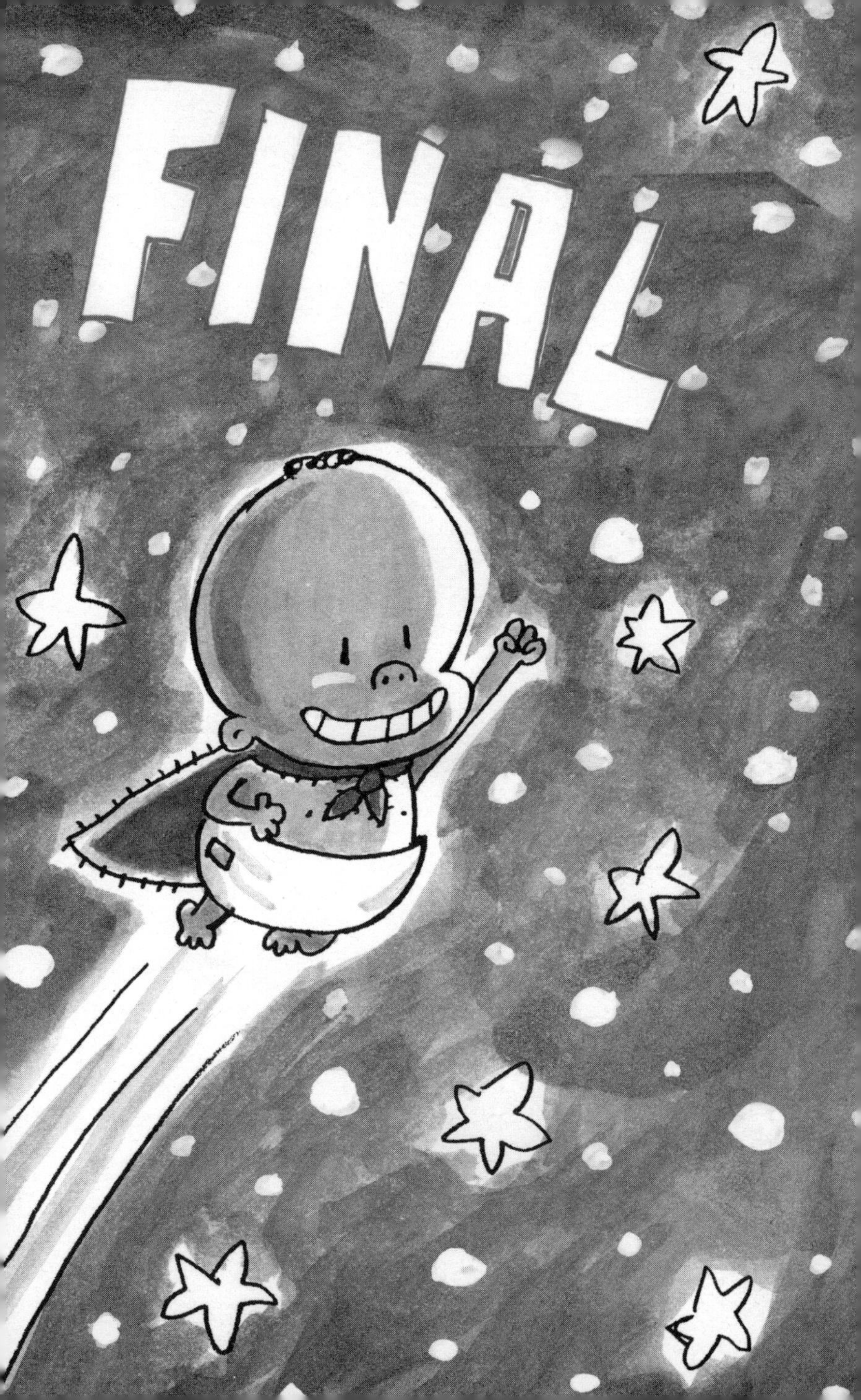
FINAL

CÓMO DIBUJAR
AL SUPERBEBÉ PAÑAL

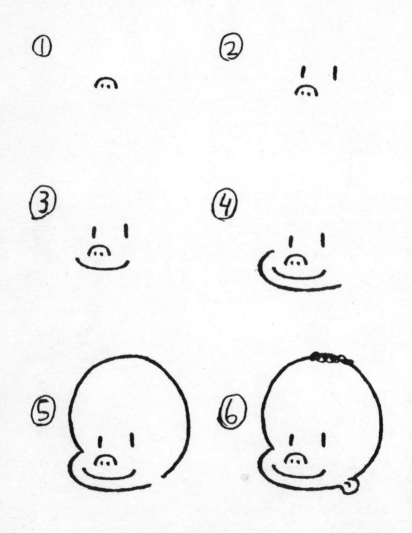

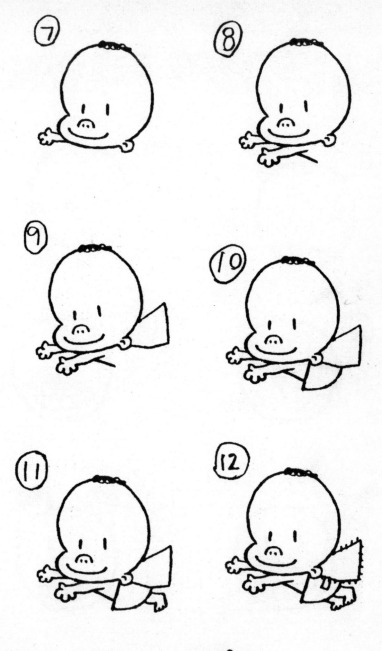

CÓMO DIBUJAR AL PERRETE PAÑALETE

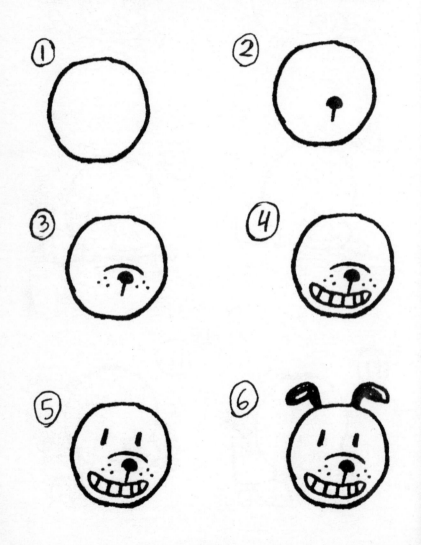

7

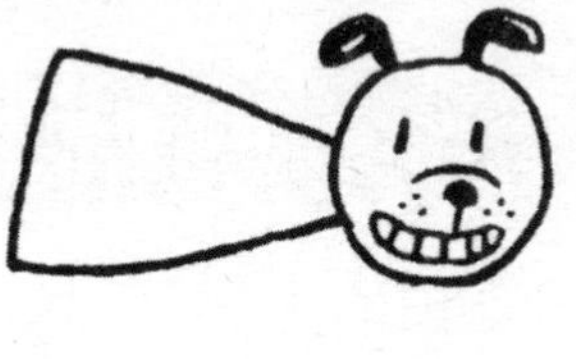

8

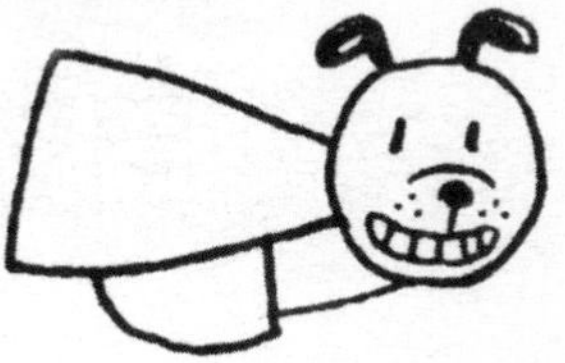

9

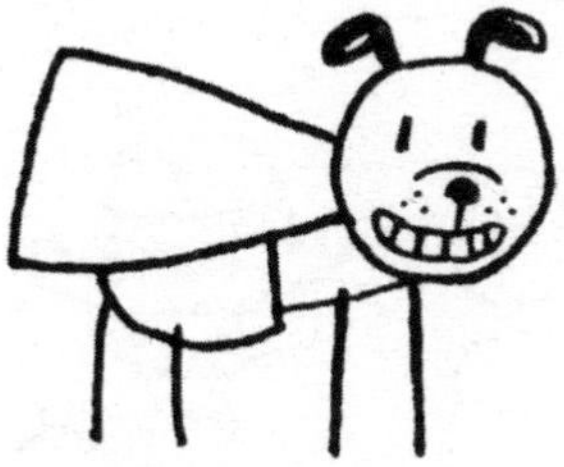

10

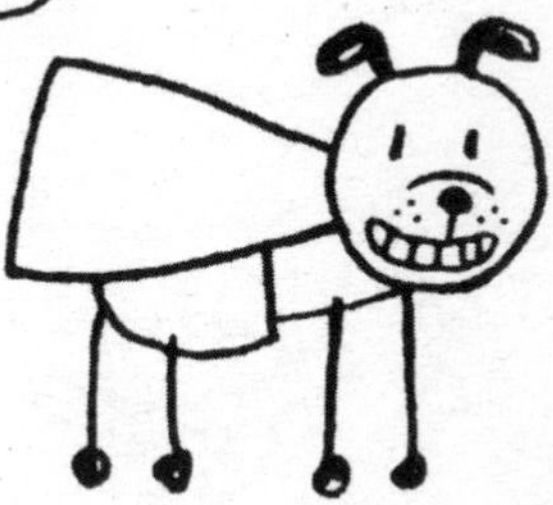

11

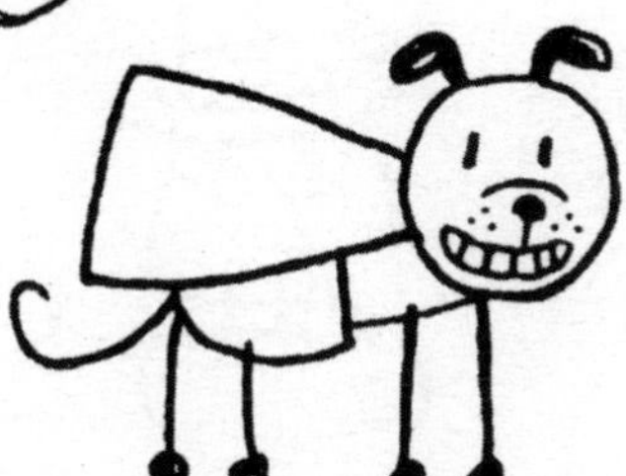

12

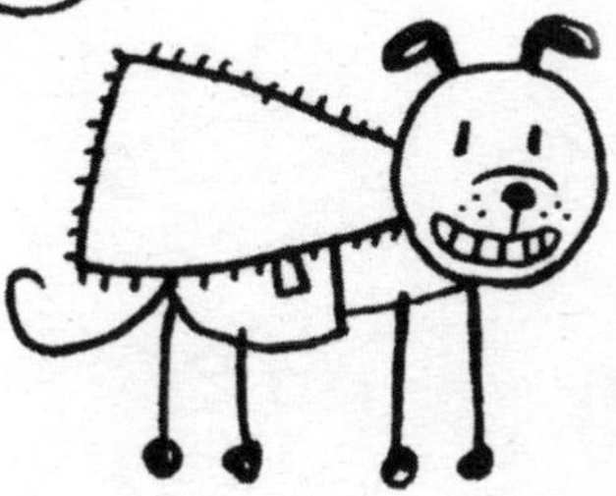

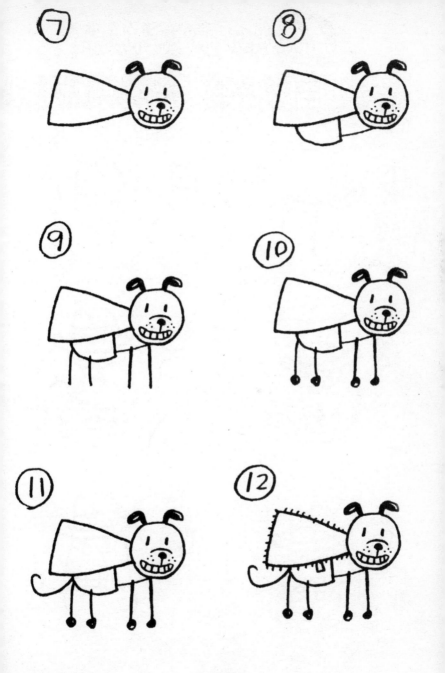

CÓMO DIBUJAR AL COMISARIO EXTRACACALARI

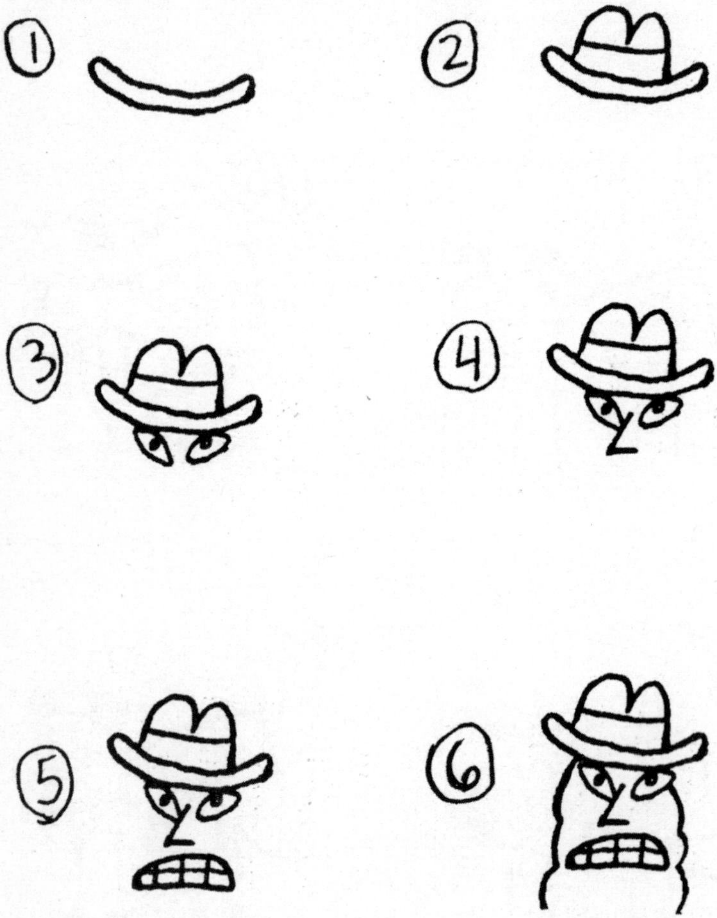
1
2
3
4
5
6

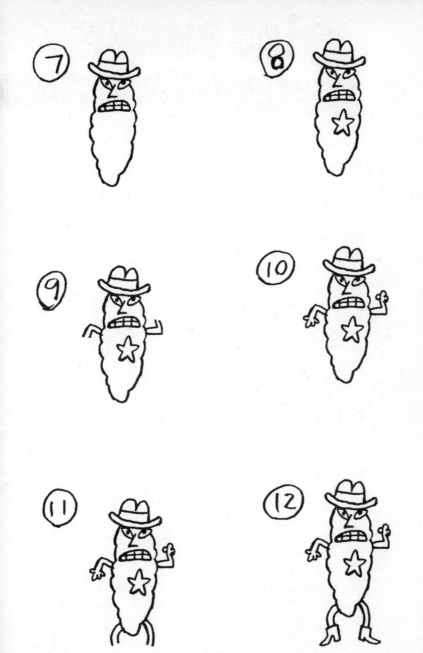

CÓMO DIBUJAR AL ROBORMIGATRÓN 2000

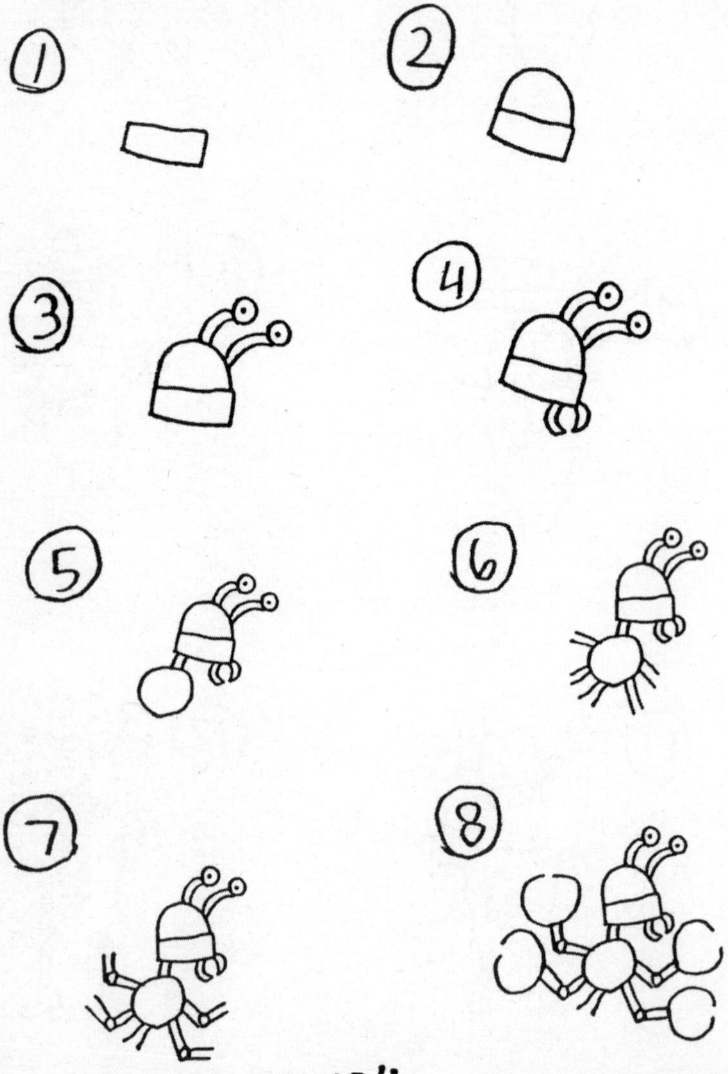
1
2
3
4
5
6
7
8

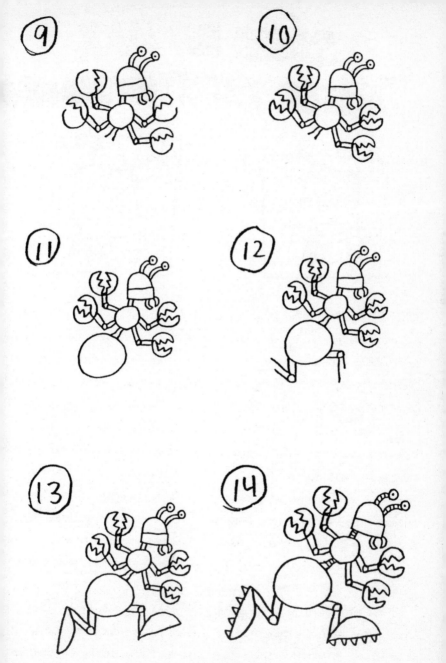

SOBRE EL
AUTOR Y EL ILUSTRADOR

JORGE BETANZOS (9 años y $^3/_4$) es el cocreador de personajes de tiras cómicas maravillosas como el Capitán Calzoncillos, Atufante, el Retrete Parlante y la Increíble Mujer Vaca.

Además de hacer tiras cómicas, a Jorge le gusta montar en monopatín, ver la tele, jugar con videojuegos, gastar bromas y salvar al mundo. Su comida preferida son las galletas de chocolate.

Jorge vive con su mamá, su papá y sus dos gatos, Crispín y Molondro. Ahora mismo estudia cuarto grado en la Escuela Primaria Jerónimo Chumillas de Chaparrales, Palizona.

BERTO HENARES (10 años) ha sido coautor e ilustrador de más de 30 libros de tiras cómicas, junto a su mejor amigo (y vecino de al lado), Jorge Betanzos.

Cuando no está haciendo tiras cómicas, Jorge suele estar dibujando o leyendo cuentos. También le gusta el monopatín, jugar con videojuegos y ver películas japonesas de mons-truos. Su comida preferida es el chicle de fresa.

Berto vive con su mamá y su hermana pequeña, Heidi. Tiene cinco peces de colores que se llaman Memo, Lerdo, Ceporro, Dr. Panfilotas y Rasputín.

¡¡LO SENTIMOS MUCHO!!

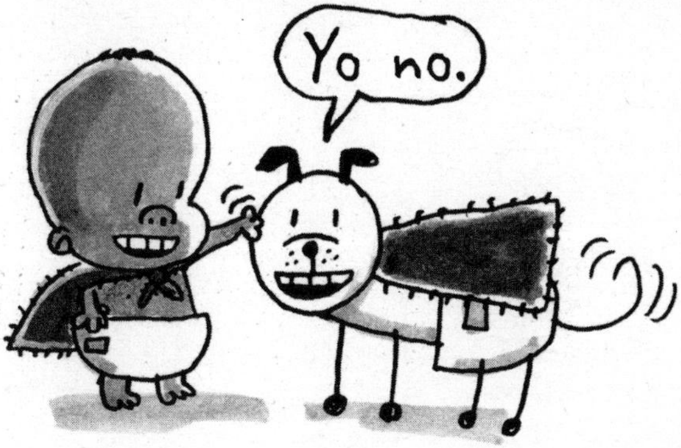
Yo no.

Si este libro te ha resultado molesto u ofensivo, envía por favor un sobre con tu dirección y un sello a:

Tu nombre
Y Dirección.

"Me was offended
by Super Diaper Baby"
c/o Scholastic
557 Broadway
New York, NY 10012

...Y te EnviareMOS más MATERIAL OFENSivo en inglés.